使役者位階第六階，魔法師。

真實身分為文藝復興時期，於人類史與魔術史中雙方面扮演要角的傳說鍊金術師。

同時，他也是在「土」、「水」、「火」、「風」四屬性（Average One）外再提出「空」屬性的強力魔術師，精通寶石魔術，對日後成為魔術基礎的鍊金術之發展有深遠影響。

於一九九一年現界於東京，以玲瓏館當家為主人，對美沙夜伸出友誼之手——

Personal Data

自稱詞：我（原文為私）
使役者位階：第六階
真名：馮・霍恩海姆・帕拉塞爾蘇斯
技能：設置陣地、製作道具、高速吟唱等
寶具：？？？

Status

Servant Rider

騎兵

使役者位階第五階，騎兵。

於一九九一年的聖杯戰爭中，展現出壓倒性的力量。未經潛藏於奧多摩山區的主人命令，就憑自身判斷與玲瓏館家（魔法師陣營）締結盟約，並於當時看出美沙夜具有「王者風範」。

後來在東京灣海面上空張設神殿型巨大寶具，與持用聖劍的劍兵展開激鬥。

Personal Data

自稱詞：余
使役者位階：第五階
真名：？？？
技能：反魔力、騎術、王者魅力、神性、皇帝特權
寶具：熱沙獅身獸（Abul-Hool Sphinx）
闇夜太陽船（Meseketet）
？？？

Status

武裝時
設定初稿

角色設定
初稿

Master Reiroukan

玲瓏館當家

一九九一年當時的玲瓏館當家。

統領堪稱支配者階級的遠東第一魔術名門玲瓏館家。於一九九一年成為魔法師的主人，參加聖杯戰爭，並對同樣志在探求真理，秉持善與愛的稀世魔術師日益心醉。

與沙条家的當家沙条廣樹有交流。

Personal Data

自稱詞：我（原文為私）
主人職階：第三級・座天使
魔術系統：符文魔術、降靈術、所有黑魔術。
魔術迴路／質：——
魔術迴路／量：——
魔術迴路／組成：——

狂戰士

使役者位階第二階，狂戰士。

嘯月的狂獸。因某種理由而鎖定位於杉並區的「玲瓏館邸」，夜夜襲擊宅院後方的森林。雖然襲擊時總是陷入發狂狀態，但行動目的仍是基於主人與自己的共識。

曾一度與劍兵交戰未果。兩人的第二次對決，遲早必將到來——

Personal Data

自稱詞：——
使役者位階：第二階
真名：？？？
技能：？？？
寶具：？？？

Status

肌力?
耐力?
寶具?
UNKNOWN
敏捷?
幸運?
魔力?

Servant Berserker

Fate/Prototype 蒼銀的碎片

2

目錄
CONTENTS

Best Friend

Special ACT

Fate/Prototype 蒼銀的碎片 2

櫻井光

原作 TYPE-MOON

插畫 中原

Best Friend ACT-1

時為西元一九九九年——

世紀末，東京。

第二次聖杯戰爭業已揭幕。

應許的東方土地上，七人七騎展開一場不為人知的廝殺。

各懷心願的七名魔術師，伴隨七騎現界的英靈聚集而來。

爭奪不知藏於何處的聖遺物——聖杯之使用權。

為了什麼？

為的是成就大願、誓言、妄念。

而聖杯，又是因為堪稱魔術師存在意義的天地萬象之「根源」而存在——

萬能的願望機。魔術協會雖正式承認其存在，但始終沒有任何手段能夠確認窮極的個人渴望究竟為何，而七人七騎追求的又是否是同樣的東西。

顯現於東京的聖杯。

它的真面目「為何」，至今仍是一團謎。

真會是通往「根源」的橋梁嗎？

會有別種可能嗎？

至少沒有任何參加者（主人）知道，負責監督的聖堂教會也不願透露，而鐘塔那些人甚至絲毫沒有懷疑的跡象。

無法否定那可能是個巨大的陷阱。

儘管如此。

至少，我要追尋「根源」。

運用此身習得的眾多魔術。

統率忠心不二的饑餓魔犬。

掌控化為死亡庭園的魔術工坊。

指揮為殺敵而現界的英靈。

將如今仍彷彿昨日的「過去」與「記憶」作為警惕。

抵達眾多魔術師不斷堆積死屍與血脈也夢寐以求的那個地方。
我非得到那裡去不可。
否則等著我的，就只有死。

沒錯，正是如此。
一如字面所示。
我想，那一定非常痛苦。
最後痛苦散盡，就這麼死了，醜陋地結束。

魔術師（主人）在戰鬥中敗北的結果，多半就是喪失性命——
才不是那麼單純的事。
死亡。
只要無法獲得聖杯，一定會死。
向監察者尋求庇護也無濟於事。
構成現在這個我的一切都會腐朽、潰散、消融、逝去。

所以——

我無處可逃。

也不對，畢竟我沒有絲毫逃避的念頭。

因為，我已經等待許久。

等待聖杯再臨。

等待英靈現界。

等待瀰漫令人作嘔的嗆鼻血腥味的殺戮生活。

等待能驅使所有自身氣性與能力的酷烈終末。

等待令咒顯現於這副肉體的那一刻。

——沒錯。就是這樣。

——這場第二次聖杯戰爭，我已經等候多時。

「Best Friend」

西元一九九九年，二月某日。

東京，玲瓏館主邸——

那是座滿映月光的豪奢洋房。

若說那是王公貴族的府邸，也不會有人懷疑吧。

在現代街景中顯得年歲格外久遠，格局氣度恢宏，作為支配者的居所十足相襯。顯而易見地，即使這洋房的主人沒有明確的社會地位，也理所當然地君臨這個地區，扎根深長。

玲瓏館。

那不是這洋房的名字。

而是擁有它，支配它的主人之名。

立足於魔術世界中，甚至能稱為邊境的極東之都「東京」，精通多種系統的魔術，表面上則以頂尖巨擘之姿支配眾生。

確實是一座適合王族安度長夜的宅院。

一名男子心血來潮地仰望高得讓人脖子發痠的天花板，思忖著走過二樓走廊。

他是個體格高大精壯的男子。

即使隔著衣物，也能看出一身肌肉經過千錘百鍊。

男子的視線，從天花板轉向窗外。

時值深夜。男子的銳利目光，一眼就掌握了常人難以辨識的陰暗庭院。原因很簡單，因為他「並非常人」。

寬廣的前院中，有幾頭大型犬。

獵犬——那不只是犬種，牠們全是熟諳狩獵技巧的真正獵犬。

正確而言，比獵犬更為高等。

牠們不是正常生物，而是經過改造的某種「使魔」，能將私闖其領地的不肖之徒撕成碎片的殺人機器。確是如此，儘管周圍不見一絲外人的動靜，魔犬也豎耳凝目，毫不鬆懈。常人或許看不出來，但在男子眼中，魔犬的眼睛全都宿含魔力，散發淡淡紅光。那樣長時間保持隨時準備在數秒內撕碎入侵者的狀態，絕非正常動物能夠辦到。

「……真是群忠狗。」

男子這麼說的對象不是機械。

而是一群情願對主人奉獻一切，無庸置疑的狗。

聳聳肩後，他又舉步向前。

這豪宅真是大得可以。

光是走向他目的地那間房，就費了一段時間。

比起在陰暗走廊一味地走，靈體化的高速移動固然省事得多，但他不想那麼做。今晚，他想享受用自己這雙腿走路的感覺，也想看看那群魔犬的樣子。

男子將手握上目的房間的門把——

並在推開厚重門扉後才想起忘了敲門，做作地敲了兩下。

「打擾啦。」

啊——

看樣子是真的打擾了。

男子看著坐於寬敞房間深處的主人，如此心想。

同時，他瞬間就掌握了這光線薄弱，和走廊同樣陰暗的房間裡的所有狀況。

想不到主人這麼晚了還沒乖乖就寢，正在讀書。

「有事嗎？

就連我家養的狗，也很少打擾我看書呢。」

冷冷地，主人——玲瓏館美沙夜說話了。

她是個絢爛華麗的女人。

才氣洋溢的女人。

掌控魔犬的女人。

更是對這名投入生死之爭的男子有著深度理解的女人。

美沙夜坐在沙發上，啪一聲闔上正在閱讀的書；接著將另一手托著的玻璃杯置於一旁，淡然地瞪視男子，眼神不強也不弱。嘴邊雖浮著淺笑，視線卻筆直不移。

原來這個年代，也有女人膽敢如此直視我這「庫林的獵犬」啊。

男子略感痛快地暗自讚歎，並靜待主人的下一句話。

她今晚的聲音，也會一樣地冷若冰霜嗎？

稍候片刻，不出男子所料，與第一句話同樣冰冷的話聲傳來。儘管有種故作媚態的感覺，卻遺憾地因為溫度太過冰冷，正常男子難以為此感到興奮，怕得發抖還差不多。不過，會被這種聲音勾動慾火的人，恐怕也大有人在就是了。

「我不記得拜託過你巡視房子啊，槍兵。」

「喔，那只是我自發性的服務，不需要向我道謝啦。」

「你以為我會嗎？」

聲音的溫度更低了。

視線裡的棘刺，變得有如劍鋒。

男子——槍兵從容不迫地承受那樣的視線，開口回道：

「應該不會吧。」

還輕輕地揮了揮雙手。

回看那年輕的女主人，並漠然望向其身後的物體。

位在沙發後方，房間最深處的東西——

那是另一個空蕩的房間。

一個會將見者視野壓扁扭曲的超常空間。但事實上，扭曲的不只是視覺畫面。槍兵即使憑他敏銳的視覺凝神注視，也消不去任何歪曲。換作一般人看到，大概平衡感會霎時崩潰，站也站不住吧。那空間除了魔術之外，應該也施加了某些詛咒；就算常人看了一眼就猝死也沒什麼好大驚小怪。

歪曲的空間中央，有個被不明絲線綑綁的「物體」浮在空中。

那是一把紅色的「槍」。

陪槍兵闖過無數戰場的慣用武器。

現界為英靈的他，受聖杯賦予的寶具。

在這場第二次聖杯戰爭中，具有殺手鐧的地位。

如眼前所見，槍不在槍兵手中，而是像這樣因主人的意思而遭到封印。

槍兵對此沒有任何異議。他明白主人的選擇在這場聖杯戰爭上確實合情合理；更何況，他對主人的智謀有高度評價，也十分贊同她是個魔力極高，足以讓自己每晚都這樣實體化四處走動的優秀魔術師。

而且，「這女人」還有種——

「接下來，你就和弓兵對決吧。聽說他沒什麼戒心，每天都在都心四處遊盪，相信你很快就能找到他。有把握的話，直接打倒他也無所謂。」

「有把握的話啊？」

「就是那樣。既然聽見了，就好好回話。」

「那傢伙（Gáe Bolg）呢？」

「還不行。」

美沙夜再次拿起玻璃杯：

「我還不會解除寶具的封印。等我覺得時機成熟，自然會讓你用。」

那聲音的溫度，降到某個程度後戛然而止。

這是她能控制自如，抑或下意識的動作，槍兵不得而知。若要猜想，前者的機率應該大得多。

這女人真有一套。她多半也有這自知之明吧。

「好好好。」

槍兵聳聳肩，不經意地往女子手上的玻璃杯一瞥。

杯裡殘留的冰塊，形狀依然完整。

這也是當然。今晚特別冷，房裡的暖爐也沒點火。接下來的這段時間，冰塊還能是冰塊吧。

但是——

再久也撐不到日出。

時間一長，整個冰塊就會無助地溶成一灘水。冰，就是這樣的東西。

「話說——」

「嗯？」

「我還沒聽到你的答覆呢。」

「啊……」

「真傷腦筋，我就特別為你再說一次吧——

既然聽見了，就好好回話。」

「……收到。」

「以後還請你多加留意，

千萬別淪落成比看門狗還沒用的英靈喔。」

受聖杯召喚的英靈。

超乎人知的傳說人物，凌駕現實的實體神祕。

若以最簡單的文字陳述事實，一旦英靈現界，成為以魔力與主人相連結的使役者，無論本身再怎麼強大，在聖杯戰爭中也只是主人的奴僕。

以武器或配備等方式形容也沒有錯。

不過英靈具有智能。

基本上與人類同等，有時會擁有更高的知識或智慧。

更重要的是，他們擁有人格與感情。

命令他們執行違背其意願的行動，可能招致反彈。

魔術師（主人）如何與英靈（使役者）維持良好關係，是門重要課題。
若無法建構友好關係，將對戰鬥造成負面影響。

因此，使用令咒「強制英靈行動」，是不得已的最後手段。
從那一刻起，彼此的合作關係將徹底斷絕。
要明白，那是伴隨致命風險的下下著。
若關係良好，主人甚至能在寶貴令咒一道也不消耗的情況下，隨心所欲地引導使役者做任何行動。

理解使役者。
認識使役者。
他們是擁有自由意志的武器。

信賴，移情，服從，懇求，依存，憧憬，執著——
朋友，同志，主從，隸屬，寄生，盲信，情愛——
以任何角度切入都無所謂。

必須儘快與自己的使役者建構適當關係。

（摘自某冊陳舊筆記）

又是一個安寧的早晨。

空氣與平時沒有任何不同。

雖仍有幾分寒涼，但已無隆冬時那麼刺骨，令人感到下個季節的腳步正在接近。下個季節……自己真的有下個季節嗎？玲瓏館美沙夜並不考慮這樣的問題。

她只會接受現有的世界，憑現有的自我踏入其中。

以優美，華麗的王者之姿。

盡情揮舞自身的才華與軍旗，若遭遇阻礙便直接將其擊潰。

哪怕是世界。

哪怕是英靈。

哪怕是聖杯。

狀況與平時沒有任何不同。

她將不停揮灑自己的色彩，使世界改頭換面。

世界休想改變她。

給她這答案的不是別處，正是來自她這八年以當家身分統領玲瓏館家的經驗。

玲瓏館。自己的家系，自己的家名。世代繼承的無形地位？因繼承家業才得來的支配者權力？不。美沙夜能夠斷言，自己並非如此。冠上玲瓏館這個姓，確實帶給她不少力量；然而造就她——君臨世俗社會與魔術世界的玲瓏館美沙夜這個人的關鍵，完全是她本身的能力與抉擇，以及行動的結果。

所謂「玲瓏館當家」這個頭銜，僅只是因為就在眼前便抓進手裡，納為己用的力量之一罷了。

現有的自我，才是她改變世界的真正力量。

那才是真實，才是一切。

上午八點十分——

東京都杉並區，某私立高中。

南校舍三樓教室窗邊。

美沙夜靜靜地俯視平淡無奇的校園風情。

今天到校時間比平時早了點。

原想走路上學的美沙夜，預估所需時間而提早出門，卻在玲瓏館邸正門口被早已等著送她上學的戴姆勒禮車攔下。那是永田町（註：此處借指國會）那些老人之一擅自為她安排的車。若想乘車上學，搭自家車即可，所以這實在是多此一舉。不過美沙夜並沒有選擇忽視，而是直接坐進禮車。

既然那麼想做人情，就讓對方做吧。

儘管學校就在區內，這短短幾分鐘車程根本算不上什麼人情。她想到這點就覺得好笑，然而不動聲色地上車，給那些老人的勢力角力增添些緊張氣氛也不壞。所謂滾石不生苔，偶爾來點刺激是必要的。

「——」

美沙夜依然一語不發，注視學生們湧入校門的景象。

和昨天一樣的景象。不，和以往一樣，沒有改變。

一個個都是渾然不覺這東京發生了什麼，進行著什麼的純真少年少女。

無辜，無邪，無知且愚昧的可悲羔羊——

美沙夜並不這麼看待他們。

無論俗世中的支配者，還是掌控世界陰暗面的魔術師，將所謂人民、大眾視如敝屣的大有人在；美沙夜現在就能想起幾個具體臉孔或姓名。以思考傾向論斷人的類屬雖是愚蠢之舉，但真要說起來，美沙夜認為自己屬於極少數的那一類。

眼下的少年少女。

從某個角度看，全是僅以稱不上大魔術的初階魔術，或聖杯戰爭中的英靈任何一個小小動作，便能奪去、割取的生命。

都是為供她將來消費、榨取而存在的資源。

她不否認自己有這種想法，但絕非全然如此。

時而微笑以對，時而互相爭執，時而為戀愛、成績、未來苦惱，這樣度過晨間時光的少年少女們如此脆弱、虛幻。

相對地，自己具有顯而易見的力量。

那麼——

對美沙夜而言，眼下景象只代表一個意義。

就是「她必須守護的東西」。

支配、庇護，盡可能地給予幸福的人們。

——因此，玲瓏美沙夜要君臨天下。

——為此，唯有維持真我一途，別無他法。

默默地，美沙夜仍在注視。

注視每個學生，注視她必須以自己這雙手保護的純真。淡淡地，捕捉整個群體的輪廓。

忽然間，視線飄向一處。

她平時很少這樣，關注單一學生。

美沙夜的目光，就這麼有意無意地停留在某個少女身上。

——那是個以眼鏡掩藏澄透雙眸的女學生。

——名叫沙条綾香。

乍看之下，只是名普通的女學生。

得活在自己的庇護下，無邪又無辜的人。

然而事實並非如此，她是個魔術師。

十二分地明白世界上有所謂的神祕存在，力量雖小，但總歸是有力者之一；更重要的是，她和美沙夜一樣，是參加了聖杯戰爭的魔術師(主人)。

沙条綾香。主人階級為最低的第七位權天使。

在前次聖杯戰爭中勝出的沙条家後裔。

會這麼若無其事地上學，不知是因為她活過了日前的襲擊而過於自信，還是了解自己躲進魔術工坊也於事無補，抑或是認為學校多得是人能當她的肉盾；又或者是，她真的那麼信賴自己使役者的能力？

「真是悠哉。」

美沙夜低喃一聲，視線稍微變得銳利。

她不想讓白天的校園成為戰場。

由於隱蔽神祕存在是每個魔術師的職責所在，美沙夜盡可能地不願在自己的勢力範圍內，傷害應受自己庇護的學生。而且，既然沙条綾香敢如此大方地上學，多半和自己一樣，有靈體化的使役者隨行——

（而且……）

美沙夜的視線轉往北校舍。

縱然不知道是什麼，但她知道「有東西」潛藏在那棟校舍。

（校內的「敵人」，不只是沙条綾香(那女生)一個。）

並簡短地在心中自囈。

這時——

「早安，美沙夜同學。」

熟悉的聲音使她回頭。

不久之前，她就感覺到她們的接近。是她班上的幾個女同學。

美沙夜立刻戴上同年女孩的面具，一如既往地向紛紛問早的女孩們微笑以對並回答「早安」。

——樓下有妳的朋友嗎？

同學問起她注視窗外的原因，她跟著緩緩搖頭：

「沒有，只是隨便看看。」

朋友。沒錯，朋友。

那種東西——

在這樣的自己身邊。

真正意義上的朋友，一個也沒有。

統治、領導這群脆弱的凡夫俗子，賜予他們幸福與安樂，就是她——

玲瓏館美沙夜現有的一切。

與其他人齊肩並立？

大可不必。

聖杯戰爭是一場孤寂的顛峰之戰。

值得稱作戰友的，就只有具有人格的英靈一個。

有其他幾種例外情況。

像使魔類，本質意義與使役者無異。

徵召自家家系的魔術師作屬下也是不錯的選擇。假如高調地集體行動，告訴其他魔術師自己並非勢單力薄，有助於短時間內避免在睡夢中遭刺客等暗殺的危險，也並非下策。

但是，千萬牢記。
別讓自己的子女涉入其中。

維護家系魔術迴路繼承人的安全，比什麼都還重要。
魔術師真正該重視的不是個人，而是如何延續家系血脈。

因此，務必當心。
絕不能在子女都在身邊的情況下投入聖杯戰爭。
倘若，有哪個魔術師做了這種事。

若不是不知聖杯戰爭殘酷的莽夫。
就是確信自己足以在這場淒慘戰役中戰到最後的絕對強者。
必定是其中之一。

（摘自某冊陳舊筆記）

——且讓時光暫時倒流。

回到八年前，

西元一九九一年。

史上第一次聖杯戰爭乍始之時。

七人七騎劍拔弩張之際。

支配者依然幼小的年代。

尚不知自身本質所來何處的時期。

幼小。

拙稚。

生澀。

——在某片溫暖安寧的羽翼下生活的日子。

我走在斜映月光的二樓走廊上。

有些懊惱自己年幼的身體。

常有人說我比其他十歲的孩子穩重得多，但這樣快步行走時總會提醒我，自己的步幅是多麼小，再不情願也無法忽視。

好想趕快長大。

肉體或精神都要。

長成一名優秀的人，優秀的魔術師。

我——

玲瓏館美沙夜（我）真的好想儘快長大。

已經有點厭煩現在的自己，不想再當一個只是敢走在暗處就會被人稱讚的小孩。

只以一盞盞魔術燭台的微弱光線照亮的陰暗走廊上，對同年小學生而言……沒錯，或許有點可怕。

單就班上同學看來，和我同年的孩子全都是「膽小鬼」。

人面犬。

裂嘴女。

紫鏡。

白線。

紅紙和藍紙。

第十三層階梯。

在夜晚走動的人體模型。

眼睛會轉的肖像畫。

甚至學校廁所裡的女孩等。

全都是孩子們口耳相傳的無聊謠言、「恐怖故事」。即使在邏輯結構上，我明白它們屬於怪談，但我一點也怕不起來。

那種東西到底有什麼好害怕？

只要魔術師不刻意動手腳，黑暗中什麼也不會有，且幻想種也不是路上就能隨便見到的東西。就算有個萬一，傳說昇華成了神祕，也只會成為我們魔術師深感興趣的研究對象。

所以即使我獨自走在陰暗的走廊上，也不會有任何感覺。

更不可能因為一些謠言，就怕起與平時無異的景象。

而且，今晚天空清澈，月亮特別大。

作為夜間照明已十二分地足夠。

根本沒什麼好害怕。

但也不能說完全不覺得「不安」就是了。

「……」

吐口白氣──

我不經意地看出窗口，望向前院。

和母親一起種的「紫陽花」，在這光線與距離下顯得朦朧模糊。那裡看起來毫無變化，是往常的庭院。

但事實完全不是如此。

那不應該與平時一模一樣。

汙染泥土的同時中下的花草，應該全都充滿致命的詛咒。

但是，我一點也不覺得那樣不好。

魔術工坊，賜予入侵者死亡的地方。

那是理所當然的事。

因為，「聖杯戰爭已經開始」。

「父親大人，您找我嗎？」

我敲了敲客廳的門。

我想，這是我第一次在這麼晚的時間進客廳。

平時這個時間，我已經在自己房間床上睡著了；現在卻這樣穿過走廊，來到父親大人等著的客廳。

因為他送使魔過來，要我去他房間一趟。

我不敢直接穿睡衣過去，於是一下床就立刻換上整齊服裝。即使與家人見面，也有該盡的禮節。

與父親大人直接見面更是如此。

父親大人獲選為聖杯戰爭參與者，得到主人之證——令咒以來，忙得日以繼夜。在母親與傭人們移住伊豆的別墅後，雖然我也幫忙做了點雜事，但總歸來說，父親仍得一肩扛下保護玲瓏館主邸，安排大小事項的工作。

必須善盡玲瓏館當家的職責，同時為聖杯戰爭作準備。

不是蒐集其他主人的情報，就是利用檯面上下所有管道，尋找召喚使役者所需要的觸媒——

相信父親大人的工作，一定不分白天晚上。

可不能因為夜深就穿睡衣去見他。

「美沙夜嗎，進來。」

得到答覆後，輕輕地，我推開厚重門板。

父親的身影，位在寬敞房間深處。

他深坐沙發，表情慈祥地看著我。

父親大人的表情使我心安了一半，不過另一半卻不安起來：

「請問，不需要再加強工坊了嗎？聖杯戰爭不是已經……」

沒錯，聖杯戰爭。

父親大人已對我說明過，這個舉行於東京，規模空前，史上最初的魔術儀式。

那是屬於七騎七名的壯烈廝殺。

將英靈與魔術等所有神祕的奧義都獻給聖杯的供品。

能幫助魔術師觸及千年大願「根源」的獻命之戰。

我對父親大人的勝利堅信不疑。據說在魔術世界中，這片甚至能稱為邊境的極東之地上，玲瓏館家是個特例級的強大名門，連「鐘塔」的魔術師都避諱三分。其中，父親大人更是歷代當家中最為卓越的一個。

可是——

儘管如此。

我心中某個角落，有片掃也掃不去的不安。

聖杯戰爭。史無前例，就連英靈都能當使魔操縱，將在魔術歷史上刻劃出永不磨滅的篇章。面對這樣的空前大事，任何人都不可能絕對地安心。

然而話雖如此——

不知為何，今晚的父親竟面露微笑。

（為什麼？父親大人怎麼會這樣？）

我疑惑得不禁歪頭問：

「父親大人？」

開口問的那一剎那——

——我的時間，就暫停了那麼一下下。

我看見了。

不小心發現了。

父親大人身旁有個「東西」。

某種多半由魔術隱藏起來的東西，就在他身旁。

我瞬時朝自己的視線集中意識。同時串起魔術迴路、魔力、視覺三者，對視線注入破除魔術的術式。

入侵者？

不可能有這種事。

我開始想像可能導致父親如此變化的幾種原因。比起走在黑夜中的走廊，注視無人的庭院，沉默不語的月亮，這瞬間竄過腦海的各種想像更讓我「害怕」。

我主動打斷了那些想像。不可以，現在得先看清那是什麼才行！

父親身旁。

不，正確而言，它站在沙發後方。

那是個細瘦——

以黑色本身裹滿全身的人影。

無法清楚辨認。

明知那裡有東西存在，腦袋卻無法接收到明確的視覺影像。

「那是誰……？」

「真是個了不起的孩子。雖然這隱身魔術只是初階，但小小年紀就能看破，不僅是血統使然，若沒有一定的資質與道行也絕非易事。想必，她還有個優秀的導師吧？」

從沒聽過的聲音。

聽起來無比沉穩，反而令「恐懼」倍增。

我看向父親大人。從沒聽過他談及任何要為了聖杯戰爭與其他魔術師結盟的事，那麼這道人影究竟是誰，父親大人？假如他是敵人——

「不敢當。」

這麼說之後。

父親大人低頭微笑。

——咦？

您在做什麼，父親大人？

居然對一個來路不明的黑影那麼說話。

不行。

不要這樣，父親大人。那簡直就像，對偉大師長請求開示的不肖學徒啊。

父親大人是遠東第一的魔術師。除了很久以前就過世的祖父大人之外，他對誰都沒道理那麼做，為何是那種態度？

究竟是什麼緣故？

「魔術工坊已經強化好了，美沙夜。工坊——不，到這個地步，甚至稱它神殿也無妨。這一位用他精湛出奇的魔術，將我這宅邸改造成成一座空前絕後，充斥神祕的要塞。」

「神殿……」

「快來打招呼，美沙夜。這一位，是將為我們玲瓏館帶來根源的人。」

我聽不懂這話是什麼意思。

父親大人，您都在說些什麼？

神殿？

根源？

他？

我只能抬頭呆望那人影，樣子傻得可笑。

除了詭異之外，想不到任何形容。

因為浮現在那高瘦黑色人影頭部，兩個看似眼睛的光點，正注視著我般向下看來。

「幸會，小千金。」

影子對我這麼說。

像冰一樣。

聲音是如斯透明，挾帶強烈寒意。

所以，我認為是冰。

冰魔，身纏暗影的詭異人物。我該怎麼辦？

得用火攻嗎？我不怎麼擅長元素轉換魔術，但假如那對這團黑影有用，我願意一試。不行，不對，不是那樣。先仔細想想父親大人說的話。工坊，神殿，帶來根源的人。

我……混亂了？

直到這時，我才終於發現自己的唇在細細顫抖。

這時，「人影」接近這樣的我。

在父親安和的守望下，他刻意從沙發後繞一大圈過來，來到呆立的我面前。

然後——

「承我教習之莘莘學子的後人啊，我是以魔法師階級現界的故人，同時亦如一位，是個追求根源的魔術師。」

人影忽然間——

「請妳務必和令尊一起——」

伸出了手——

「和我『交個朋友』。」

輕輕地，低語——

Best Friend ACT-2

現在還是堪稱清晨的時間。

對於在晚間飽吸冷冽的走廊空氣，與嘴裡吐出的白煙，少女一點也不在意。映入大玻璃窗的朝陽讓她感到相當溫暖，而且她也明白，到中午這段時間，氣溫將逐漸上升；但最主要的是，現在根本不是在乎寒冷的時候。

少女——玲瓏館美沙夜仍清晰記得不久前，早餐上發生的事。

「請問，『那一位』的真名怎麼稱呼？」

當美沙夜如此輕聲提問時，坐在長餐桌另一端的父親隨即回答。

——那不是我該回答的事。

——妳必須親自問他，請他告訴妳。

「我知道了，父親大人。」

美沙夜毫無異議地聽從了父親的話。

父親的意思，是要她與那名男子——

與伴隨舉行於這東京，名為聖杯戰爭的大規模魔術儀式而現界的七騎英靈之一，階級為魔法師的我玲瓏館之使役者，直接當面對話。

男子。沒錯，直覺告訴她，那是男性。

昨晚首度見到他時，他的身形受魔術所隱蔽。

對於他的模樣，只記得是個詭異的「人影」。

當時心裡一團混亂，滿是疑惑——被他所震懾。這部分的記憶正確無誤。

美沙夜是第一次體驗眼前有人存在卻無法辨識，六神無主的感覺。這十年的人生雖然不長，但她也面對過幾次神祕或魔術師等，實際上不算人類的人物，且沒有一次被對方嚇住。

當父親以降靈術召來的惡靈就出現在眼前詞，與渴望鮮血的魔獸在鼻息互觸的近距離互瞪時，拜訪歐洲魔術協會而與年邁魔術師交談時，美沙夜都能毫不畏懼地毅然以對。

那全都不是刻意的行動。

在她觀念中，那不過是當然之舉。

然而昨晚，她卻陷入混亂。一時之間不知該如何面對。

該如何解釋這事實，美沙夜心中仍沒有答案。

（……我一定要用我這雙眼，看清他是什麼人。）

穿過走廊的美沙夜，在心中再度反芻父親早餐時的話。

英靈，超乎人知的英雄豪傑。是若非遭逢這個「特殊事件」，絕非魔術師所能操縱的強力幻想，可怕的具體神話。

那自稱魔法師的人影……沒錯，就是那樣的英靈吧。

事到如今，這點已無需懷疑。

那麼，英靈是如何存在的呢？他又是什麼人？真的是將為玲瓏館家贏得聖杯，值得讓父親對他那般恭敬的人嗎？

既然得到了父親的允准，實際行動就對了，根本不必遲疑。

美沙夜抬頭挺胸地踏過走廊，一次次無視烘烤皮膚般的刺痛而穿過數道結界的阻擋，抵達玲瓏館宅邸一樓北側走廊最深處，供那個人作個人使用的房間。

站到一扇高大的紅門前。

平時，美沙夜鮮少進入這個區域。

這一區從前是祖父的工坊，聽說父親繼承當家職位後，就將具有魔術價值的所有物品都搬進了他的地下工坊。所以美沙夜明白，這一帶早已失去實質上的作用，就只是廣大屋宅中數間沒人使用的房間，沒人居住的地方。

（父親大人告訴我聖杯戰爭的事之後，曾經拿這裡當庫房就是了。）

幾個月前，美沙夜曾見到專門買賣古董藝術品的業者，送來幾件包裝慎重的大型家具。

由於不能直接送進地下工坊，她便猜想那應該是暫時擱置在這個無人區域，事後再由使魔另行搬運。若猜測正確，沒有搬進地下的東西，或是老舊家具等祖父遺物中不具魔術價值的物品，都還靜靜地安置在這房間裡。

美沙夜如此對即將進入眼中的景象稍作想像之餘，注視著門扉。

不將手握上門把，是因為門已經開了一條縫。

（他是個不注重門戶安全的人吧。）

在心裡將那人的評價降低一階後，美沙夜悄悄湊近門縫。

並戰戰兢兢地窺視房中動靜——

「是美沙夜吧。來，請進。」

是別人的聲音。

和昨天那不具感情的聲音不同。

身影也不一樣，不是那難以捉摸的黑色「人影」。

身材高瘦，這部分沒變。

線條細長，這也和昨晚一樣。

他站在朝陽探入窗簾間隙的房間裡，似乎在進行某種實驗。左手拿著裝有藍色液體的燒瓶，右手指捏著滴管，停下注入銀色液體的動作，轉過頭來。

他已不再使用隱身魔術，即使房間窗簾半掩而稍感陰暗，也能看清他的模樣。

——是個俊美的男子。

——好美的一個人。應該不是女性，是男性沒錯。

身穿白色長袍的男性。

從那高瘦身形來看無疑是個男性，卻能感到女性的陰柔氣質，這或許是那頭烏亮長髮的緣故。

黑髮，感覺很適合他。

僅是見到他的外觀，才剛降級的評價就要回升了。

「說『歡迎』似乎不太妥當，畢竟這是妳和令尊的房子。來，美沙夜，走廊上很冷吧？別顧忌，快請進。」

「……好。」

美沙夜微微點頭。

懷著身體略顯僵硬的自知之明，她進入房間。

緊接著，房中擺設就奪去了她的目光。

門後是標準得歎為觀止的「魔術師的房間」。

木桌上堆積許多厚重魔術書籍和羊皮紙卷，書櫃亦是如此。燒瓶與燒杯盛裝著各種色彩鮮豔的液體，無數試管成列架設。看似某種機械裝置的銅製物體另一端，連接漂浮青白肉塊的水槽。櫥櫃與牆上到處陳列詭異的魔術觸媒——形似爬蟲類的生物乾屍，難以想像來自尋常生物的心臟或爪牙，黑曜石匕首，金色骷髏等擠滿各個角落，散發各自的存在感。牆壁、地面、天花板隨處可見看似匆匆抄記的魔法陣或魔術式。

「哇……」

美沙夜實在沒想到，在她想像中充其量就是間倉庫的地方，居然會搖身一變成充滿神祕的藏寶閣。

還以為會是個堆滿灰塵的陰暗空間呢。

結果竟是如此鮮活，彷彿整間房都在發光。

「好厲害，才一個晚上就變得這麼——」

心中感想脫口而出。

讚歎不由得化為文字，流出脣間。

對一個仍懷有年幼好奇心的少女而言，這房間簡直處處驚奇。

聖杯戰爭期間，美沙夜不能離開工坊，也就是玲瓏館府邸的領域。母親與所有傭人都移居到伊豆的別墅，只有美沙夜在父親建議與自身學習慾驅使下，選擇留在杉並區的主邸。

結果，這段時間她幾乎都待在自己房裡，連上學也被禁止。

美沙夜認為自己並不在乎這樣的限制，父親一有空就會對她講解聖杯戰爭的規則與系統，這讓她無比滿足。

但事實上，她早就悶得發慌了。

此刻映入眼簾的一切都是那麼地新奇，感覺與強拗父親和祖父讓她參觀他們的工坊時一樣，甚至更加興奮！

「那個……」高漲的好奇心輕易沖垮了躊躇。「我可以問您幾個問題嗎？」

「那當然。教導他人是一件快樂的事，妳儘管問吧。」

語氣斯文而平順。

表情也是如此，還有種令人安心的柔和。

「妳和令尊在我看來，都一樣是承我教習之莘莘學子的後人。只要妳願意求知，我有問必答。」

見他微笑著這麼說，美沙夜再也按捺不住。

她張開小小的唇，構想問題。眼前這個乾屍原本是哪種生物？那個心臟、牙齒和尖爪呢？黑曜石匕首是哪個時代的器物？金色骷髏又是什麼魔術的觸媒？

「我想問的是這房裡的東西，好多東西我從來都沒看過……例如，呃……這是什麼？」美沙夜指著看似爬蟲類的乾燥屍骸這麼說。

「啊，那個啊……」他微笑著回答：「那是火蜥蜴的木乃伊。」

他答得不假思索。

這讓美沙夜想起她小學的老師。當班上女同學問老師漢字讀法時，老師便理所當然地提供知識般，平素地回答。

火蜥蜴——

那是幻想種。某些學說認為，那是掌管四元素之一的精靈。很難想像，那般若真實存在也極為貴重的東西，就這麼赤裸裸地存放在這裡。

聽美沙夜那麼說之後，他不改微笑地點點頭：

「妳說得沒錯。別說現代，就連在我那個時代，這種幻想種也消失了很長一段時間。若發現這樣的遺物，成為研究或實踐的對象是很正常的事。牠作為元素魔術的觸媒，可以預期極為有效的成果；作為鍊金術的觸媒也非常優秀。假如用對方法，甚至能夠讓牠返回生前的模樣。」

「可以召喚嗎？」

「可以。我會把牠用來作提煉元素的材料。」

如此果決。

他一樣說得理所當然。

「一般認為，火元素的轉換是一種沒有技術可言的魔術；而我認為一旦技術純精，說不定能達到太陽之焰的程度。」

「當然這只是一種比喻，但這樣的想像……不也挺浪漫的嗎？」

浪漫——美沙夜不曾以這種觀點看待魔術。

美沙夜曾考量效果優劣、效率高低等實質利益，但不認為魔術師該抱有白日夢般的感慨。那不是來自祖父或父親的教誨，單純是她自己從現實角度導出的答案。她想也沒想到，會在這時聽見「浪漫」一詞。

她並不感到欽佩，更沒有同意。

就只是驚訝。

這一問一答的時間，持續了將近三十分鐘。

「那麼，那麼那麼，那邊那個瓶子裡的是什麼？」

「那是人造人(Homunculus)的幼體。我用特殊溶劑將他們依不同成長時期封存起來，以便觀察每個時期間的細微變化。他們每一個的壽命都相當短暫，只要能找出原因為何，應該就能克服短命的缺點了。」

對於美沙夜的問題，他總是耐心聽完——

並一個接一個地——

仔細解答。

「那是什麼？」「那又是什麼？」美沙夜這麼問之後，他立刻毫無窒礙地告訴她：那些晶體不是結晶，其實是五大元素其中四樣的萃取物。而最後一個，則是設法賦予無形的乙太形體後，所得之乙太固結物的「碎片」。

他表示，房中物品絕大多數都是美沙夜的父親召喚使役者之際，為他這個魔法師而準備的用具。美沙夜到這裡總算明白，那些古董藝術品的運送業者究竟搬來了怎樣的東西。

不過，人造人相關產物和元素或乙太的「碎片」，以及看似蘊含強大魔力的幾個「寶石」，都是他一晚就製作出來的東西。這部分讓美沙夜一時間難以理解。那每一樣都是需要長時間，甚至得耗費數年才能完成的東西。能辦到這種事，是因為他使用了父親日前提到的使役者「技能」，還是他生前所學的古代魔術有如此神奇的效果？

「我認為，窮極乙太的奧祕，也許能帶領我揭開失傳神代祕儀的神祕面紗。我想親手擁有上古時期，迦勒底智者（註：迦勒底指迦勒底王朝，即新巴比倫王國）所觸及的純正星輝。那是在整個宇宙間閃爍的窮極之光，同時也是這星球散發的光吧。」

儘管那聽來有些狂言妄語（Bombastus）。

但男子一次次真摯的回答，仍足以搏得美沙夜的好感。也許是看美沙夜年紀尚淺，他幾乎不曾提及具體的魔術施行方式。然而就他短時間所回答的概要而言，已讓美沙夜感到超乎所需。

其中，只有一項缺憾。

他仍未透露自己的真名。

「……看妳的表情，好像還不滿足呢。我懂了，是我不好，請見諒。」

「怎麼了？」

「既然妳已經是個魔術師，想必是無法滿足於這麼粗淺的答覆。很好，那我就每天撥兩小時出來，替妳上課吧。」

這是——

能夠獲得未知魔術知識的機會，美沙夜當然高興。

可是，她更不希望替父親辦事的使役者，將本該投注於聖杯戰爭的時間耗費在旁務上。

沒錯，美沙夜轉向男子，決然答道：

「不了，我必須拒絕。非常感謝您的好意，但您是——」

「我怎麼樣？」

那俊美端正的容貌就在面前。

斯文柔和，不怎麼像個魔術師，感覺很年輕。

甚至讓美沙夜懷疑自己昨晚怎麼會覺得詭異。

長黑髮的男子，自稱魔法師的人物。明明來這一趟，是為了確認他是不是配得上父親的英靈。從昨晚見到那一面到今晨還一直胡思亂想，幾乎沒闔過眼。

所謂的英靈，都像他一樣親切嗎？

男子在美沙夜心中的評價早已不知提升了多少階，停也停不住。

美沙夜不偏不倚地承受他的視線，稍作思考後開口說：

「……您是父親大人的使役者，所以我想，您的力量和時間都該用在聖杯戰爭，用在幫助父親大人上。」

「妳果真是個了不起的孩子，美沙夜。」

男子深深頷首。

接著離開所坐的椅子，屈身至與美沙夜的視線同高，身體自然呈現高跪的姿態：

「妳說的一點也沒錯。這是我的壞習慣，我很容易忘了自己身在何種場面，一心只想著傳授我的知識，為人指點迷津。我已經不是以前的我，是個現界成魔法師的使役者；所以我當然不該耽擱自身義務，得盡全力成就令尊的大願才對。」

他誠摯的目光，筆直地灌注在美沙夜眼中。

和昨夜全然不同。

這真的與她邂逅詭異人影時，那透明冰冷，彷彿冰塊的感覺不同。現在美沙夜怎麼想都認為，那副身體和自己一樣，具有一個活生生的人格。

但是，為什麼呢？

現在自己心中，明明找不到任何混亂或困惑。

卻在這瞬間，感到自己因為他而「不知所措」。

「美沙夜，妳是個聰明又可愛的孩子。多虧有妳的提醒，給了我一個重新審視自身定位的機會。」

「我只是說了應該說的話而已。」

美沙夜沒有移開視線。

不閃不躲地面對，回答他。

接著，他再度微笑著說：

「就讓我送個禮物給妳吧，美沙夜。」

「不，這怎麼好意思。」

自己的好奇心已經占用他不少寶貴的時間。

不能再接受他的餽贈——美沙夜坦率地說出心中的話。

「若不這樣，我會過意不去。」

但男子執意堅決。

斷然否定她的婉拒。

「所以，我要把這個送給妳。」

隨後——

他手上多了把不知從何處取來的短劍。

美沙夜當然知道，那是現代多數魔術師都曾一度握在手中，師父在弟子能夠獨當一面時贈予的信物。其餘時候，是施行魔術時具增幅功能的禮裝，魔術儀禮所用的一種「法杖」。

其中最為有名的便是劍形。

堪稱是魔術師之間無人不知的劍。

「Azoth劍（註：劍柄圓珠刻有azoth，A是所有字母的開頭Z、O、TH各是拉丁、希臘、希伯來文的最後字母）……」

喃喃地，美沙夜唸出它的名字。

「看來妳知道這是什麼。那由來呢？」

「我也知道。那是馮．霍恩海姆──在表面歷史也極為著名的鍊金術師兼魔術師，帕拉塞爾蘇斯──」

美沙夜這麼說著轉向他，就沒再說下去。

因為那俊美的男子將一指抵在脣上，作「安靜」的手勢。

美沙夜連忙雙手捂住嘴。

難道……

該不會……

這個人就是──

這把劍「真正意義上」的製作者及所有者──！

「要保密喔。」

他分享祕密似的湊到美沙夜耳邊，語氣平靜地這麼說。

並補上「當然，令尊已經知道了」。

美沙夜一連點了好幾次頭，表示她絕不會洩漏，對誰都一樣。

每次點頭，都能感到胸口深處的亢奮隨之湧上。興奮、昂揚都不太對，該怎麼形容心中如此強烈、鮮明的感覺呢？

驚愕，不對。感動，也不對。歡喜，還是不對。

這是——榮耀。

他自認其親手打造的工坊是銅牆鐵壁的神祕要塞，只要身在其中，對美沙夜說什麼都無所謂——無論怎麼想都無法排除這種可能。畢竟父親甚至將它稱為神代的神殿，而不是魔術師們創建的工坊。儘管如此，就算如此，他透露了他的真名仍是不爭的事實。

即表示——

美沙夜在他心中的評價是「深值信賴」，足以將命運交託給她。

（……這個人，真的這麼看重我？）

美沙夜仰望笑容溫柔的他，堅定地接受他的視線。

並重新握緊手中短劍。

「帕拉塞爾蘇斯之劍」——

昨晚見面時明明握過了手。

美沙夜卻有種現在才真正與他握手的錯覺。

使役者，聖杯戰爭舉行之際喚出的英靈。

具體的神祕，重現的傳說。

而他們擁有的「寶具」，更是使其遙遙凌駕於現代魔術或武器等力量的英靈，真正堪稱「最強」的重點要素。

有時是歷史留名的武裝。

有時是千錘百鍊的絕技。

象徵英靈們所構築的傳說，有形的奇蹟。

在聖杯戰爭中，「寶具」等同於爭鬥時的殺著。

因此——

務必隱匿自身英靈的真名。
務必取得他人英靈的真名。
英靈之名，將毫不保留地揭露其傳說。
若有真名的橋接，便能輕易推知殺著「寶具」的能力。
切記。
真名的隱匿與取得，將大幅牽動聖杯戰爭之勝負。

（摘自某冊陳舊筆記）

同日下午。
很難得地，玲瓏館來了位「訪客」。
是名男子。

身穿黑色服裝。

暴露大片褐色肌膚。

與陽光同色的眼瞳有如火焰高燃，彷彿將空中那閃耀的太陽嵌入眼中。

男子悠然立於門前，環視玲瓏館府邸。

「這點水準就敢自詡為萬全城塞嗎，魔術師們？」

——並以不當回事的口吻如是說。

男子並非人類。

是以實體化狀態隻身造訪玲瓏館府邸的英靈（使役者）。

位階為騎兵，那是他理所當然般主動報上的。

他自稱是受潛伏於東京西部某工坊不出的魔術師（主人）之命，以使者身分前來傳達，他們願意與遠東地區寥寥可數的魔術師中，「極有可能已經參加聖杯戰爭」的玲瓏館家「結盟」。

這麼突然的事，讓美沙夜驚訝不已。

她立刻偷偷派出使魔——聖杯戰爭開始後，她自發性地每天派遣使魔巡視屋內狀況，在狂戰士嚎天哮地地襲來時，還比父親更早察覺——到迎入訪客的會客室窗邊窺視，觀察那自稱使役者的使者的一舉一動，但美沙夜看不出任何能說服她的證據。

不過。

那個人——魔法師確實曾對父親這麼說：

「確實是使役者，那名男子有我們特有的氣息。」

既然他這麼說，那就不會錯。

聖堂教會所提供的聖杯戰爭基本須知中，提到使役者具有在一定距離之內感應彼此存在的能力，美沙夜和她父親都知道這點。

然而這名使者——騎兵，卻大搖大擺地露臉。

昨晚，美沙夜曾聽父親提到，他已藉使魔與其他主人商議了一段時間，要結成某種「同盟」關係；但萬萬想不到，使役者竟然會這麼大方地主動現身。

美沙夜繼續屏氣凝神，透過小鳥使魔的眼睛觀察會客室的動靜。

「真是間無聊的宅子，虧余還期望你們能拿點稱頭的東西出來呢。」

「你在門前報上名號之後，我就改動術式，讓這裡的種種結界接受你的存在了。假如你有興趣，要我恢復原來設定也無所謂，騎兵。」

「區區魔術算得上什麼餘興？」

父親的話，被使者（騎兵）肩一聳地就打回票。

他似乎還是對自報位階有所排斥，略顯不滿；但他的言行並沒有對同盟造成阻礙，條件談得相當順利。父親在寫滿條文的羊皮紙上簽名並捺上血指印，應該是成立某種契約魔術的所需步驟吧。

「話說，即使使役者再怎麼神通廣大，我也沒想到你會在實體化狀態下孤身來訪。」

父親的表情與平時無異，字句間透露著錯愕之情；而那個人（魔法師）不同，看不出是何反應。

他幾乎什麼也沒說。

只是默默地注視使者。

「用不著你多心。」

騎兵一手拎著茶杯笑道。

且一副自己才是這間宅邸的主人般，翹著長長的腿。

都暴露自身位階與部分能力了，卻絲毫沒有警戒動作。至少，以主人身分參加聖杯戰爭的父親所獲得的「眼」，能一眼就看出使役者的部分能力。父親的使役者魔法師，也能藉傳心術直接提供相關資訊。

儘管如此，男子除了略有不滿，明顯是悠然自在。

不像是虛張聲勢。

美沙夜的直覺也說，他臉上的淺笑並非刻意。

他的情緒就寫在臉上。

在昨晚父親甚至稱作「神殿」，原本與他為敵的魔法師所打造的工坊——魔術師必定能發揮最大力量的虎口之中，騎兵是真的認為自己游刃有餘。沒有隱藏，也沒有欺瞞。

「雖然遠遠算不上餘興，不過余無所謂，就把那些結界都啟動看看。想要余的腦袋就來吧。膽敢拿刀指著余的狂妄之徒，很快就會知道冒犯天上太陽的罪孽是多麼深重。」

「看樣子，你對自己的力量很有把握呢。」

魔法師輕聲說道。

美沙夜的使魔在他後方，看不見表情。

「那當然。你又如何呢，魔術師？」

「我還差得遠呢。」

「原來如此，覺得自己不成材啊？」騎兵笑道。

笑了一會兒後——

「的確，這裡都是些不成材的東西。」

那金黃色的視線就「直接轉向窗邊的使魔」。

「不過，余倒是和其中一個『看對眼』了。就是那個意思。」

男子加深笑意。

且滔滔不絕地說話並站起身來，誇張地橫展雙手：

「余對凡人的權謀術數之類小家子氣的把戲沒什麼興趣，但這真的有點意思。好吧！小東西，妳年紀輕輕，就能在自家領地滿懷驕傲與尊嚴睜大雙眼，一刻也沒閉上。為了對這女王風範表示敬意——」

「余就准了這場同盟，慶祝吧。」

氣氛隨之凝凍。

騎兵的話中之意，極為單純。

他對契約魔法和自己主人的意願根本不屑一顧，純粹想憑自身意願下判斷。而且是身處敵陣，在魔法師所設計的強力工坊中心一手拎著茶杯，思考對方是否值得合作。

從容？可不是這樣一個詞就能形容。

直到最後一刻，男子心中都在斟酌——

戰，還是不戰。

殺，還是不殺。

並抱持自己必將凱旋的「絕對信心」。

「真是可怕的人物。倘若最後沒有改變心意，你會怎麼做呢？」

聽了魔法師的問題，男子哈哈大笑——

「那還用說嗎？

這間宅子和破魔術，早就在轉眼間夷為平地。」

僅是堅守意識不昏倒——

就用盡力氣。

人在自己房間的美沙夜，透過使魔的視覺與騎兵四目相交。

背脊不由自主地直打哆嗦。

「唔……唔，唔啊……啊……！」

一陣嘔意襲來。強烈得不能稱為暈眩的感覺在腦殼中盤旋，讓她一時分不清上下左右。

剎那間，全身還熱得像發了高燒。

那名男子的外表，明明和一般人類沒什麼不同。

但只是透過使魔「與他對看」，就令人狼狽成這副德性。

美沙夜是在明知使者是個使役者，且作好心理準備的狀況下試圖監視到底，甚至預想了他可能具有單憑視線就能殺人的能力。

儘管如此，她到現在還是全身顫抖不已。

就僅僅是對看而已。

絕對不能別開視線！一個近似決心的直覺，讓美沙夜死命地承受那金黃色的目光。他的視線，強得令人產生中了魔術或詛咒的錯覺。不過很明顯地，他並沒施放任何術式。因為父親和魔法師不可能沒有發現。

「……！」

美沙夜雙手捂嘴，強忍嘔意。

嗚咽難耐。

淚水、哀號，都被她拚命忍在心裡。

究竟是錯在哪裡呢？

是被魔法師透露真名的自負沖昏了頭，忘了自己有幾兩重嗎？

——不過是人類之軀。

——不過是遠不及父親的幼稚魔術師，就妄想窺探那怪物的破綻。

不僅沒發現自己多麼幼稚，而且不減反增。

可是——

可是。

可是。

無論再怎麼幼稚。

她的視線。

如今仍堅定地與他對視，分毫也不願移開。

英靈並非人類。

不要只是因為具有人形，就被他們的外表所矇騙。

所謂英靈，原本就不是能以人力掌握的靈體。

他們是神話的再臨，具體的傳說，是甚至能扼殺物理法則，擁有神奇力量的幻想。

就連正面戰鬥力「相對低劣」而列為最下階的刺客，人類也完全不是對手。即使是精於戰鬥的魔術師，或持有豐富現代武器的連隊，對上任何英靈都是死路一條。

別忘了夢想。

人類無法擊倒使役者。

無論是如何頂尖的魔術師也不可能。

務必視為沒有例外。

（摘自某冊陳舊筆記）

月光下──

他，靜靜地走過玲瓏館邸前院。

馮・霍恩海姆。

以「帕拉塞爾蘇斯」之名廣為人知，留下諸多傳說的魔術師。

聖杯戰爭中，他是獲得魔法師位階而現界的一騎使役者。

他一面巡視以主人所建工坊為基礎，利用自身技能「設置陣地」更進一步強化的玲瓏館魔術工坊成果，一面獨自思量目前戰況。

在七騎使役者都被召來東京的此刻，聖杯戰爭已經開始。

目前能確認的是，這場戰爭已由劍兵與槍兵之戰揭開序幕，而這宅院也有狂戰士入侵未遂的痕跡。那是發生於他被召喚之前的事，即表示至今已有多名主人將此處視為主人之一的據點。現在，這裡又明顯至極地化為一座強力魔術要塞，答案已明擺在眼前。

被人知道據點位置不是件好事。

不過戰況本身並不壞。

今天下午與擁有騎兵的「東京西部的主人」結盟，就像是一張保證能打入戰爭終局的門票。雖不知騎兵真名，但他無疑是個非常強力的英靈。

「……我實在不怎麼喜歡爭鬥。」

呢喃的他，身旁飄浮著紅色與藍色。

那是紅色寶石與藍色寶石。他隨口應和不停以無聲之語向他回報的元素石之餘，到處巡視邸內結界。確定邸中四處魔力爐運轉無虞後，魔法師下意識地望向夜空。

星空，比他所知的時代更加稀薄、汙濁。

幾件事在他心裡打轉。

元素、鍊金術、魔術基礎。

視作第五元素的乙太，充斥於神代的真乙太。

以及，燦爛耀眼的「星光」。

如今說來，那都是古早的事了。然而，他仍能像昨天才剛發生般憶起。感覺很懷念，也有痛心之處。

「……這是何苦呢？我的時代，早就已經結束了。」

主人愛女美沙夜的側臉浮現腦海。

直到現在，魔術師依然是脈脈相承。

承我教習之莘莘學子的後人，的確就存在於這世界上。

「不過，沒想到她會有那種王者風範。」

玲瓏館美沙夜。

她豐富的魔術天分自是不在話下，更不得了的是，還具備如此王者風範。雖然是透過使魔，但居然承受得住騎兵如此殺氣猛烈的視線，並與其對視——

若不是她有那樣的表現，也不會有現在的戰略優勢吧。

「雖然在每個時代，王都是種礙事的東西，但看樣子，我是該稍微改觀了。在這世上，也存在著看得出王者的王。」

魔法師對紅色與藍色寶石說道。

寶石閃爍幾下，以無聲之語回話後，他微笑著說：

「魔術師能看透他人的魔術資質，王也能看出他人的王者資質吧。不過，若對方是大魔術師（梅林）水準的人物，或許會有例外就是了。」

竟被騎兵先一步看透美沙夜潛藏的資質，令人不禁唏噓。

魔法師淺淺微笑

那孩子……美沙夜，一定能長成一名優秀的魔術師，優秀的當家。

說不定，還能達成自己所不能的偉業。

「……嗯？」

當下狀況，不必豎耳聆聽也能輕易掌握。

遠處傳來吼叫聲。試圖硬闖這經過特別強化的魔術工坊——玲瓏館宅邸的入侵者正高聲咆哮。今晚也不知好歹地來了，還真是不辱狂戰士之名。

一旦這裡的寶具真名解放之後，應該能輕鬆料理掉吧。

不過，現在還不是時候。

即使魔法師對自身寶具的威力抱有「絕對的自信」，但至少得用在一次對上兩騎使役者的時候。主人當然也同意他這個想法。雖期盼其他陣營的人會被狂戰士的蠻勇引出來，但那麼直接的野獸行徑，似乎引不了任何人上鉤。

就在他轉過身，準備回屋時——

腳步突然停下。

「什麼？」

並小聲驚呼。

因為他一轉身，就看見了另一個入侵者。

——那是一名少女。

「你好啊，魔術師先生。你就是魔法師嗎？」

「你好，小姐。」

魔法師鎮靜回話。

卻暗自大吃一驚。

（怎麼可能——）

人都進入這間工坊，自己的魔術領域中，我這魔法師居然全無感覺？

這裡有數十道結界和詛咒保護，主人還親自在各方角都部屬大批人造魔獸，魔法師也在空中各設置一顆等同自己分身的元素石。不僅驅敵功效十分完備，任何一項啟動，他也會同時察知。假如這名少女是出現在為誘敵而刻意弱化結界的後院樹林也就罷了，但她人就在離主邸沒幾步路的前院裡。

魔法師瞬時列舉幾種可能性。是斷絕氣息，還是轉移空間？前者是刺客的固有技能，區區人類——眼前的少女並沒有使役者特有的氣息，絕對學不來。然而她也不太可能實際穿過這裡的重重致命障礙。就算真是後者，現代魔術師豈能輕易使用這種踏入魔法領域的能力？

但現實就是如此，少女就在這裡。

滿映月光的翠綠色洋裝和白金色髮絲閃閃發光。

只要魔法師動個念頭，就能立刻將她燒成灰燼，可是這名少女——

——讓他深感興趣。

這女孩究竟是何方神聖？

就連狂戰士都無法進入這化作自己工坊的魔術要塞，只能在後院森林的邊緣怒吼。

而她卻如斯輕易地出現在等同要塞核心的宅邸邊。

少女沒對心中猜疑的魔法師多說話，腳下浮現三道「暗影」。是使魔嗎？應該不會有自己以外的英靈以魔法師階級現世。那麼，能這樣令使魔實體化的少女會是什麼人？魔術師嗎？

這是「很合理」的推測。

「嗯。」

魔法師稍稍伸出右手。

在實體化途中，先對看似使魔的「暗影」擊出元素魔術。

不至於動用寶具，也不必啟動施予工坊的種種特效吧——魔術師如此思考的同時，從飄浮空中的雙色寶石抽取魔力，進行高速吟唱。慣用的「一般魔術」就能收拾這三道「暗影」。他一眼就看出目標弱點元素，依暗影變換魔力屬性，同時發射。

不消零點幾秒的時間。

火焚、水覆、風削。

「暗影」在如此大魔術級的威力下毫無招架之力，霎時煙消雲散。

魔法師細心地控制魔術範圍，以免傷及少女。

「哎呀？」

眼前這立即失去使魔的少女，微微側起頭說：

「呵呵，你用的魔術有點特別耶。好好玩喔！」

這麼說之後——

散發一身光輝的她——

「可是啊……」

沐浴在月光之下——

「我的寵物，已經把事情辦好了。」

愉快地微笑著——

「我就特別優待你，當你的『朋友』吧。」

Best Friend ACT-3

——蒼銀的騎士保護了我。

擊退咆哮的黑色異形。
阻絕緊逼的絕對殺意。
在黑森林中，流洩於雲縫間的月光下，揮斬看不見的利刃。

他拯救了我，
打倒可怕的敵人，
並溫柔地對我微笑。

理性而論——
我明知這種事絕對不會發生。
但我就是阻止不了這滾滾而出，白日夢似的不理性愚思。

孩童般的妄想。

就連小學班上同學作的夢，都比這現實一點。

沒錯，那只不過是我在胡思亂想。

但是，為什麼？

如此親眼目睹的光景，竟不像現實中聖杯戰爭的場面，感覺根本就是很久以前，母親替我讀的圖畫故事書中的一幕。

我不禁想起，

不禁思考。

重視名譽的騎士，不會傷害淑女或孩童。

所以，即使他是侍奉敵方魔術師的英靈，也一定不會向我投注殺意——

「妳還好嗎？」

看，騎士對我說話了。

和故事書一樣。

如同童話中的騎士一般溫文和善。

試著平復不停發抖，站著發愣的我。

「他是憑『自己的意願』故意發瘋，妳趕快逃。」

我想對騎士點頭，

但身體還是動不了。

不過，這次不是因為恐懼。

而是發生在眼前的騎士與異形的戰鬥，使我看得入迷，腳忘了怎麼動。

那是經魔術強化的視覺也難以追上的高速戰鬥。

騎士的武功多彩而精湛。

即使身在魔法師的結界中，他也似乎沒受到任何影響。

有如置身於風中，不停戰鬥。

其實，結界對入侵者下了很重的限制。像異形那邊，就能感到結界確實地發生作用，動作極不順暢。

不諳物理戰鬥技術的我，也能看出騎士明顯占上風。

因劣勢而氣喘吁吁地揮抓鉤爪的異形苦戰到最後，靈體化而消失。

留下不甘的咆哮。

月光之下。

黑森林中，只有我和騎士。

爾後——

就那麼一次，無劍騎士的碧藍眼眸朝我看來。

「幸好妳沒事。」

並這麼說。

溫柔而清爽。

實在是太——

接著，他對我微笑。
美麗的眼眸，映照滿輪月光。

——邂逅騎士，遭遇異形。

時鐘的指針，由此稍微倒轉一點點。
那是發生於黑森林的事。
那是發生於深夜的事。

風，徐徐地吹著。

與黑暗夜空同色調的樹木隨之喧噪。

這是一個厚雲遮掩月色，應該滿天閃爍的星光也稀稀疏疏，充滿黑色的夜。

黑森林。還是這樣稱呼這個地方最合適。即使時值寒氣未散的季節，蓊鬱針葉樹也生機盎然。假如半夜醒來的第一眼就見到這般景象，一定會以為那是「真正的森林」吧。

有如森林的空間。

深邃陰暗。

那是建構成魔術要塞的玲瓏館邸土地的一部分。

若要分類，應屬於後院。

但以後院二字而言又太過廣大。那個容得下數座小學校舍與操場還有餘的地方，鄰近居民都果不其然地管它叫「森林」。玲瓏館的黑森林，黑暗庭園。

森林中，有道嬌小的人影。

是一名少女。

她不懼黑暗地在林中行走。

連手電筒等照明都沒有，也走得像白天一樣。

其實，白天或黑夜對她並無太大差異。

以魔術灌注魔力的雙眼能輕易看清黑夜，就像某種初階的魔眼——說成這樣或許有些誇張，但無論如何，黑夜帶來的暗影，絕大部分對少女而言不成障礙。

少女——

玲瓏館美沙夜，在黑森林中靜靜地走著。

以單純在自家土地內行走而言，臉上略顯緊張之色。

因為，她發現了。

在家裡土地到處派遣使魔巡視的美沙夜，發現在魔法師所構築，稱作完美也不為過的堅固結界中，這後院的一小部分有著絕無僅有的「破綻」。這讓她明白，為何明知這裡有魔法師鎮守，也不斷有使役者企圖入侵。

當然，入侵一次也沒成功。

儘管站在森林邊緣就是件難事，但這裡總歸允許對方深入到了一定程度，全都是因為這個「破綻」。

且還是只有夜間才會產生的「破綻」。

（……能創造完整度這麼高的結界，應該不會犯這種錯才對啊。）

美沙夜心想。

正常而言，她會認為應該立刻通報。

父親和魔法師都到處忙得不可開交。像前不久以使魔偷看父親所在的房間時，就看到他和魔法師一臉嚴肅地談話。

那麼，自己就來幫這個忙吧。

偷偷將這「破綻」彌補起來。

沒錯，美沙夜就是這麼打算。

雖明知應該先報告並取得許可，但她有自己做了合理判斷的自信，認為這樣至少比較有效率。

這同時也是她拙稚的功名心使然，只是年幼的美沙夜不會有這種自覺——儘管日前的英靈才讓她深深知道自己是多麼粗淺。

（沒關係，馬上就要結束了。）

只是一點小小的破綻，自己應該補得起。

位置在派出使魔時就已經掌握，很快就能補好。

美沙夜片刻不離身的短劍——魔法師贈送的這把Azoth劍，性能遙遙高過祖父遺世的眾多魔術禮裝。有了它，即使比不上父親或魔法師，自己應也能使出一流以上魔術師的力量。

「……找到了。」

在黑暗中，美沙夜走了一段時間。

按照父親事前的吩咐，在這稍有誤觸就會遭受致命傷，充滿可怕死亡陷阱的黑森林中，她走了又走，走了又走。

踏入森林領域至今，約過二十分鐘時——

美沙夜找到了那個「破綻」。

結構美得令人心醉神迷的魔力城牆有如張了嘴似的，開了一個人類勉強鑽得過的洞。

彷彿是「故意」為之。

「啊……」美沙夜倒抽一小口氣。

對，就是這樣。

不會錯。美沙夜立刻理解到，那雖看似自然形成，但這的確是故意製造的「破綻」。是為了引誘愚蠢的入侵者，準備以設於結界內的元素石等各式強力魔術陷阱予以痛擊——

『■■■■■■■■■——！』

突然間，一道吼聲響徹森林。

是野獸般的咆哮。

藉強力魔術建構至無法破壞之境界的重重結界「破綻」處——不，應該說「入口」，有道異形的身影。敏銳地發現入口存在並試圖入侵的異形，距離美沙夜只有短短幾公尺。好近，太近了。

狂嘯的異形暗影。敵人。

本該落入陷阱的獵物。

然而這瞬間——

其間多了個「不該在此的東西」。

名為美沙夜的異物——

「……！」

想立刻派出留在主邸的使魔通知魔法師和父親。

但是太遲了。她清楚感到，自己的判斷力減弱不少。

異形暗影的視線已和她對上。

飄浮暗夜之中的赭色光輝。赭色的眼球。血紅雙目。殺意。

那恐怕不是人類會有的情緒。

那是壓倒性的破壞慾，殺戮衝動的化身。

異樣的人形。

怪人。

狂獸。

幾種形容詞閃過腦海，但每一項都似是而非，感覺怪異無比。他擠過魔力牆的「入口」，保持前傾的駝背姿勢注視美沙夜，怎麼看都不像是個正常人。

肉體外觀難以辨識。

好黑，他的軀體黑得什麼也看不見。

這讓美沙夜想到第一次見到魔法師時的隱身魔術。兩者雖然類似，但某方面截然不同。當時的她，還覺得詭異、疑惑。

但這強烈至極的存在感。

黑色身軀與深紅眼瞳。

準備啃食獵物般大張的嘴、利齒、黑色鉤爪。

都無疑地遠在「人類之上」。

英靈（使役者）——

銳不可當。

懾魂攝魄。

身為小小人類的自己怎麼也無法匹敵的凶惡。

雖具有誤認為魔獸之流也不奇怪的外觀，卻能清楚明白——

那是散布恐懼的神祕結晶。

是傳說的顯現。甚至能在人間重演神話的破壞力之凝聚。

英靈。正常而言，人類魔術師絕不可能使役的超常化身之一。

會被他殺掉——當這怪物心念一動時，自己注定會死。

不過，儘管如此。

這樣的感覺並不是第一次。美沙夜在日前騎兵來訪時感到的，比這瞬間所有感覺的總和還要凌駕數倍。

因此她還能思考。想必，也能夠行動。

幾乎被恐懼掩埋的意識一角，在這瞬間拚命地思考自己該怎麼做。

操縱使魔通知危機。

操縱身體開始逃命。

就是這兩樣行動。沒問題，應該辦得到。即使雙腳打起顫，愣在原處。雖不知是否能逃過眼前這異形的追殺，但既然知道自己該做什麼，就不能坐以待斃。

於是美沙夜下定決心，將想法付諸實行——

『□□□□■□□□□□□□□□□□！』

異形再次咆哮。

殺意，害意，敵意，惡意。

付諸一吼的種種排外負面情緒撞擊美沙夜全身，震撼她的精神，麻痺她的思考，停止她準備動作的肉體。

動彈不得。

無論身心，都如此輕易地僵住了。

就連聲音，也出不了哆嗦的脣間。

只有大睜的雙眼，仍一味地注視異形。

顫動的視野中，緩緩地，異形的身軀開始移動。鉤爪將接觸到的沿路樹木全攪成碎片，逼到美沙夜眼前。

美沙也仍動也不動，呆視著他。

深紅的眼。

與人類完全不同。

打量自己將咬碎的獵物般醚細。

啊啊，這是表示……這個異形使役者要把我吃了吧。

「……！」

一語不發地，美沙夜傾注她的視線。

她沒有流淚。

只是毅然仰望那破壞化身的赭瞳。

她並沒有察覺，現在的她，無疑是個遏阻踏入其領地之入侵者的小小王者。

異形歪著頭，伸出長滿銳爪的手。

美沙夜連尖叫的想法都沒有，目光也絲毫不移動。雖然逃不了也無法求救，她依然用力緊閉雙唇，筆直瞪視對方。

死亡張開了嘴。

死亡揮出了爪。

不可能抵抗。

緊接著──

就在那張嘴將咬碎美沙夜的頭顱，那銳爪將破開胸口挖出心臟的前一刻──

一道蒼藍與白銀的身影──

安靜無聲地，落在美沙夜與異形之間。

厚雲縫隙間流洩的月光所照亮的「人影」。

蒼藍與白銀。

一身歐洲中世紀騎士般裝扮的人影，貌似青年。

金色的髮絲隨風搖曳。

儘管手上看起來什麼也沒拿，卻明確地以握持武器的架勢，威武俊逸地立於異形面前，抑制其所有動作。

與他對峙的異形，即使沐浴月光也一身昏暗。黑色的歪曲軀體保持前傾姿勢，向突如其來的蒼銀騎士放聲高吼。

那是這嗜血野獸的威嚇與憤怒。

對阻撓他吞噬眼前獵物的妨礙者，發布死亡宣告。

『■■■■■■■■■■■■■■■■！』

第三次的咆哮。

反射性地，美沙夜全身緊繃。

在這麼近的距離聽見這巨吼，卻能不為所動的人應該不存在。

因此，美沙夜認為這青年一定「不是人類」。

蒼銀騎士就在正面承受咆哮的同時開始戰鬥。

看不見的武器，與利牙鉤爪連連交擊。

踏起將所觸一切均粉碎的死亡之舞。

破壞力足以輕易掃碎大樹，甚至凌駕槍砲掃射的黑色鉤爪揮了又揮卻一無所獲。青年騎士輕快地避開異形的連番攻擊，不時揮掃看不見的武器。

不可能是人類。

兩者都不是。

無庸置疑地，那是兩名使役者。

想必他們都是為「破綻」而來，在此不期而遇。美沙夜運轉從麻痺狀態中緩緩平復的大腦，如此認定，並且——

恍惚地，

半下意識地想像。

說不定——

正常情況下，她絕不會有這種感覺。
所以，這感慨也是一種異常事態。
一定是這樣沒錯。

醜陋的異形。
帶來絕對的死。

危急中，出現了披著一身月光的騎士。
手揮隱形武器的英靈。
說不定，這麼「如詩如畫」的人。
並不想入侵這宅院。
也不是與異形偶遇。
其實——

——說不定……是專程來救我的。

自然而然地，
美沙夜不禁這麼想。

如同過去所述。
聖杯所喚出的英靈，具有人格。
這是非常稀有的案例。

一般現界的英靈，並不具自我意識。
極少現界的他們是自主活動的純粹力量，其中不存在任何的人格或感情，可視為一種箝制。
從協會記錄的幾件案例，可以明確得出這個結論。
過去也不曾出現人與英靈成功對話的案例。

自動戰鬥機器——

從前，有人這麼稱呼他們。

但是，聖杯戰爭中的英靈卻是例外，將伴隨人格現界。
至今詳細原因仍然不明。
該將這視為展現聖杯驚人力量的絕佳例證呢？
抑或是魔術師（主人）的某種枷鎖？

大部分情況，這種英靈具有生前的人格。
因此，研究自身所屬英靈的故事與生平是一件重要的事。
要盡可能地收集各種紀錄、事蹟、傳說，認識他的一切。
如前所述，必須用心與英靈構築良好關係。

某些情況下，他們的人格可能發生質變。
能以狂化技能發瘋的狂戰士就是一例。

在此例中，主從關係極難構築。

但若懂得轉換觀點——

也能將他當作一顆不會被人格左右，能輕易交付殘忍行動的棋子。

務必理解自己英靈的人格。

無論關係好壞，那都將影響聖杯戰爭的趨勢。

譬如——

當英靈生前的人格，將殺害孩童視為禁忌的情況。

若強迫此英靈與具有少年少女長相的主人交戰，毋庸置疑，可能招致不必要的嫌隙。

（摘自某冊陳舊筆記）

這是與平時——

不太相同的晨間光景

單獨一人的早餐。

正確而言，餐廳裡雖有數量略多的侍女服年輕女性，但嚴格定義起來，這寬敞的餐廳還是只有美沙夜一個「人類」。

玲瓏館邸中內外傭人，全都在聖杯戰爭一開始時就隨母親移居伊豆別墅，一個人用早餐也是無可奈何的事。她十分明白父親和魔法師的時間有多麼寶貴。

於是，美沙夜老實地獨自用餐。

孤伶伶地坐在長桌一端。

感受著探入窗口的含蓄陽光所帶來的溫暖。

除了鳥兒們的報早之歌，以及摻雜其間的刀叉碰盤聲，沒有其他聲響。

也沒有母親說「不可以碰出聲音」的委婉告誡。

周圍待命的女性們一語未發。

沒有指令，就沒有反應。

這是當然。

因為她們「並非人類」。

這一個個，都是魔法師所創造的女性型人造人(Homunculus)——

她們全是用來替代移居伊豆別墅的傭人，同時應也兼任某種程度的護衛工作。美沙夜昨晚離開主邸到後院森林時就有幾個跟了過來，勸她回去。

她們的性能十分優異。

或者該說，這是拜魔法師的高強魔術所賜。

昨晚美沙夜的行動，似乎是轉瞬間就在她們之間「自動」傳開了。

沒有經過傳話，單純是共享知覺。

魔術師即時獲得使魔的知覺資訊，並不是特殊到值得一提的事；但魔法師所為遠超乎這個境界，能與總數逾十具的人造人同時共享知覺。雖不是飛鳥時代的某傳說人物，他也理所當然地辦到了。

據說，她們每一個的知覺也彼此相連。

也就是看似複數，實為單一群體。

完全不是一般魔術師所能創造的人造人。

「……這就是等級的差距吧。」

美沙夜輕聲呢喃。

英靈與人類。

經過這幾天，她清楚體會到兩者差異。

遭遇兩名使役者而平安返家後，等待她的是一副頭疼樣的魔法師，以及難得臉色巨變的父親。她從沒見過父親那樣的表情。

以遠東頂尖魔術師之稱聞名天下的父親。

偉大的魔術師。

就連鐘塔的魔術師們也不敢輕忽的玲瓏館當家。

這樣的父親，竟一臉慘白——

聽美沙夜說她只見到英靈，沒看到魔術師（主人）後，父親才露出安心的表情。

父親為何如此警戒主人，現在的她仍不甚明白。

「……」

不經意地，視線轉向一旁的人造人。

她一面叉起以餐刀切開的炒蛋送進嘴裡，一面注視她們的白色皮膚。並非人類，但與人類極為相像的她們整體顏色淺薄，帶來人偶般的印象。

比父親昨晚的臉色還要白。

幾乎不眨眼的無機雙眸，讓美沙夜感到難以言喻的排斥。

她們做的餐點美味得無話可說，且個性溫順。也許會服從任何命令的機械性態度，甚至惹人憐惜。

假如她們突然親口要求自由，美沙夜認為自己一定會同意。絕不會像以前在祖父的書房讀的歐美小說那樣，一感到人造物可能叛亂就將她們趕盡殺絕。

若她們希望幫助，就給她們吧。

就和對待這城市的每個人一樣。

儘管如此。

排斥感卻怎麼也抹不掉。

比如說……對了，不會選她們作談論私事的對象，也不會想和她們當朋友。

因為她們是人造物？

因為像人偶？

不。至少，那不是美沙夜的原因。

所以只能說「難以言喻」。

（雖然我對跨空間連結的那麼多人工腦如何思考還滿有興趣。）

無論怎麼找怎麼翻，翻出來的都只是對新事物的好奇。

源自與他人人格共鳴的相互關係——例如友情等，不會在這種情況下產生。

不發一語地，美沙夜繼續用餐。

刀叉聲再次響起，伴著鳥鳴。

幾分鐘後——

早餐將近尾聲。

開動至今，父親都沒進過餐廳。

魔法師也沒露臉。

對了，使役者需要飲食嗎？理論上，只要主人提供魔力的管道保持聯繫，他們就不需要攝取額外營養。明知如此，美沙夜還是想知道他們會不會因個人喜好而吃點什麼。

這幾天下來，從沒見過他食用任何東西。

和父親一起出現在餐廳時，也什麼都沒吃。

父親當然會用餐。

尤其早餐時，都會和美沙夜一起——

（……這是早餐耶。）

父親難得不在。

昨晚晚餐上也沒見到父親。

不過單獨吃晚餐不是什麼稀奇的事，美沙夜當時並不放在心上。

「請問，父親大人現在在哪裡？」

「在房裡。」人造人的答覆與昨晚一樣。

「是喔。」

美沙夜點點頭。

將剩餘的牛奶送進喉中。

這天，他的身影出現在門前。

那是在挑高的二樓走廊走上一段就會抵達的父親的房間之一。在美沙夜的印象中，裡頭有張舒適的沙發。那房間前，美沙夜正好見到他開門出來。

個子高高的他。

有一頭烏亮滑順，反映朝陽的長髮。

使役者魔法師。

他一見到美沙夜，就一如往常地對她微笑：

「早安，美沙夜。有睡好嗎？」

「……有。」

美沙夜沒有移開視線。

只是回答晚了一拍。

美沙夜心中，當然對自己昨晚的愚蠢行徑仍有羞愧。

自己沒有做出正確的選擇。只要一發現有異狀時便立刻檢視，就會發現那道「破綻」是他刻意留下，什麼問題都不會發生。美沙夜十分明白，是自己的衝動蒙蔽了判斷能力。

絕對不會再犯相同的錯誤。

那簡直是低齡稚子才會有的行為。

這想法更加深她的羞愧，恨不得立刻逃走。

但是——

有些話，昨晚還來不及對父親和魔法師說。

如在那道「破綻」周邊見到的一切。

雖然魔法師很可能早已藉著設於宅院上空的多顆元素石或各種魔術監視網，取得了相同資訊，但美沙夜昨晚學習到，即時提出疑慮以及共享資訊是多麼重要的事。

於是美沙夜道出她親眼所見。

所有當時發生的「事實」。

咆哮的異形。

蒼銀的騎士。

兩名英靈的激戰。

至於童稚的妄想，當然是放在心裡。

靜靜地，默默地，魔法師聆聽她所說的每一個字。

並且——

「謝謝妳，美沙夜。

我當然也收到了一定程度的資訊，但妳的回報包含了親身體驗，也相當寶貴。那個疑似狂戰士的個體咆哮時造成的麻痺效果，可能要距離夠近才會有效。這也是很重要的情資。」

這麼說之後，

意想不到地鞠了躬。

一時之間，美沙夜還沒反應過來這是什麼情況。

那不是西歐人常見的點頭致謝，而是日式鞠躬，表示深厚謝意。

「魔法師……？」

「很抱歉。原本我才是該救妳的人，這責任卻被那名使役者替我扛下了。假如那名騎士不是品格那麼高潔的英靈，妳說不定已經喪命了。」

「快請起啊，魔法師。」

聲音震顫，是滾滾強烈的自責使然。

這實在令人難堪——

昨晚的一切，全是自己幼稚所招來的結果。

美沙夜深有自知之明，知道那絕不是他或父親的責任。

若前往兩名使役者試圖入侵的現場不是為了擊倒他們，而是為了救人，認為風險太大也無可厚非。

「這都是我的錯。所以魔法師，請你真的不要這樣。」

「……妳真是個好孩子，美沙夜。難道說，妳還不明白自己的安危對令尊而言有多麼重要嗎？」

「這……」

魔法師終於平身。美沙夜看著他的眼，回答又遲了。

這明顯是有所省思的反應，騙不了人。

他平時靜如止水的語氣，微微起了變化，有種「勸誡」的意味。這當然有他的理由，而美沙夜也曉得那是什麼。

魔術師的家系，血脈。

比起凡人，魔術師失去後繼者將造成更嚴重的問題。

經年累月的偉業將毀於一旦。

由世代血脈反覆錘鍊的獨家魔術刻印就此斷絕。

對於連綿不斷的鑽研、修練、苦鬥而言，這可說是最殘酷的結局。

這應該就是他話中的含意。

然而，不知為何——

他接下來的話，與美沙夜的預想有些不同。

「這場聖杯爭奪戰的確具有重大意義。觸及『根源的漩渦』是任何魔術師絕對的悲願。但失去妳，對他也是絕對的悲劇。美沙夜，妳可是吾主的光芒啊。」

「光芒……」

「妳是與照亮從前那真世界的滿天星光一樣尊貴，獨一無二的明輝。即使在聖杯戰爭中，妳也不容侵犯。他絕對不會因為自己的悲願……沒錯，他不會這樣就放棄他親愛子女的未來。這一點，無論你們是不是魔術師都不會改變——」

他的手，撫上美沙夜的臉頰。

有如父親。

也像母親。

輕柔。

溫暖。

儘管那體溫極低的手冰冰涼涼，美沙夜也有那樣的感受。

對他的話也是如此。

「請妳千萬別忘記，

遍布這大地的每一個可愛孩子，都是尊貴的星輝。

玲瓏館美沙夜這個人，在令尊心中，可是比他的性命還要寶貴。」

他的言語。

他的視線。

每一樣，美沙夜都真切地收進心裡。

雖然，那聽起來真的有點像是狂言妄語（Bombastus）。

但也覺得，他的心意的確傳到了自己心底。

所以——

這次，美沙夜能毫不遲疑地回答。

——我知道。

簡短而明確。

我——

我注視了自己一段時間。
映在鏡中的自己。

與八年前不同。
我已是活在現在這一九九九年，名叫玲瓏館美沙夜的女人。
從一個幼小孩童，長成如此女性化的軀體。
無論如何強烈的視線向我投來，當然，我都會以同樣的視線回敬。

我對鏡子另一邊問。
喂，小姐。
喂，美沙夜。

第二次聖杯戰爭總算開始了，妳覺得怎麼樣？

沒有解決掉那個女生拿下首勝，算是失敗嗎？

應該還有扳回一城的餘地吧？

還是說——

我又會像「那時候」一樣，犯下年幼無知的——

「我再也……」

我短短地低語。

聲音被流洩的水聲打散。

熱水淋上肌膚而滑落的響聲吞噬我的話，捲入排水口。

另建單人淋浴間，或許是建對了。

雖然我不常自言自語，但那種時候，水聲能輕易掩蓋我的聲音，感覺還不壞。

我注視著我自己。

刺出銳利的視線。

接著，我將手伸往後頸——觸摸刻於頸後的令咒。

忽然間，動作停了。

說到令咒——

八年前，第一場聖杯戰爭。

身為主人的父親，究竟是在哪裡發現令咒的呢？

印象中，不是在這個位置。

從來沒看過，一次也沒有。

只聽父親說過那是幾翼的令咒，但到最後都不曾親眼目睹。

對，沒錯

到最後都沒有。

如果問了，父親會告訴我嗎？
會吧，還會讓我看吧。
因為他對我「期待」非常高。

我——

當時的我，一定會高興無比。
還會天真地為自己高興說：「父親大人把重要的令咒給我看了耶。」
笑得很開心。

什麼都不懂的我，一定會笑著這麼說吧。
殊不知那個時刻就要來臨，一臉幸福孩子的表情。

但現在，我已不是當年的我。
不再是那個小女孩。

父親不在了。

母親也不在了。

這玲瓏館，現在由我當家。

參與第二次聖杯戰爭，與其他六人六騎廝殺的也是我——玲瓏館美沙夜。

不是其他任何人。

我只要憑藉我現在所有，專注於聖杯戰爭即可。

「——父親大人。」

沒人應聲，

只有——

淋浴聲不斷作響。

響了很久很久。

彷彿飄浮在空中的大眼睛，不斷流落眼淚的瀑布。

Fate Prototype
蒼銀的碎片

Best Friend ACT-4

——光流，輝耀，熾熱。

不該出現在深夜，令人聯想到太陽的光芒。

那是彷彿耀燒盡黑暗天空的光之洪流。

甚至月光也顯黯淡，近乎暴力的炫光。

飛翔於遙遠高空的「船」所放射的「金黃色魔力光」，一次又一次地傾注至黑森林，吞噬其鎖定的赭瞳異形與周圍樹木。無止無盡，綿延不絕。那是毫無節制傾注之光，帶來破壞的毀滅之光。

「哈哈！沒錯，望天瞻仰！下跪膜拜！五體投地！

見到萬王之王降臨，就該拿出應有的態度！

目睹余之神光，就表示你們離開這世界的時刻不遠了！」

騁空之「船」的船首站了個人。

他大大地橫展雙臂。

從至高之處傲視萬物。

同時一陣又一陣地向地面投射與太陽同等的光、熱與死亡。

「哈哈！逃吧，跑吧，跳吧！

盡量掙扎！哭吧，叫吧！

你們三騎，全都註定被余之神光燒得屍骨無存！」

不僅是遭熾烈至極的光之雨所鎖定的異形狂獸，還有其他英靈在玲瓏館邸的「黑森林」中戰得如火如荼。

訕笑不停撒落。

沒有一個人企圖阻止他。

誰阻止得了？

不，誰也不行。沒有人能夠阻止他。

即使是締造一生勇猛戰績的英靈也無法與之抗衡。

全然不同於帶來遍地豐饒的溫暖陽光，擺明有意趕盡殺絕的閃光，從暴怒的太陽竄出的猛毒光蛇（Uraeus），有誰擋得住？

稱作黑森林的玲瓏館邸針葉樹林，就這麼慘遭蹂躪。

森林中央的異形對這死亡之光束手無策，只能沐浴其中。

儘管如此，那異形凶獸仍仗恃他驚人的生命力，試圖在光中站起，並且——

『[redacted]——！』

咆哮。

然而那應將搖撼森林的震動，卻也被更強大的光給淹沒。

狂亂的異形，發瘋的凶獸（Berserker），肉體漸漸崩毀。

無論那四肢蘊含如何的可怕膂力，一旦被那光芒碎解，灼燒，消滅也毫無意義。崩毀不斷持續，不會有任何恢復的手段。

此時，應當指引，輔助這使役者活動的魔術師（主人）已命喪黃泉。那名青年對神祕與魔術都所知甚淺，單憑一點點微乎其微的使命感便參與聖杯戰爭。就在前不久，奉主人之命而悄悄接近他的毒女（刺客）只是輕輕一擁，一吻，就讓他從聖杯戰爭中除名了。當令人陶醉的甜美劇毒破壞他每一寸生命與意識，將他導向死亡時，青年腦中一隅還曾為認同其目的的狂戰士擔憂安危；但不消兩秒時間，他每一滴腦髓，每一條神經都被巨大的快樂濁流吞噬殆盡，成了一具屍體。

因此，這頭狂獸就連萬分之一的勝率也沒有。

若置之不理，不用多久便會消逝無蹤。

只要沒有「單獨行動」技能，得不到主人提供魔力的使役者將無法維持自身肉體，很快就會消失不見。

儘管如此。

狂獸在所剩無幾的時間中，也一心為達成主人的目的而行動。也就是打倒君臨東京，正嘗試完成「某種邪惡儀式」的魔術師，消滅玲瓏館當家與其使役者。這狂獸，就是為了這麼一個不知魔術，不懂神祕，也不明白在這東京召開的聖杯戰爭所為何事，憑著一股盲目使命感一再挑戰玲瓏館家的莽直青年，戰鬥至此。

而今晚，局面終於出現決定性的改變。

狂獸在他每晚都突襲破綻，企圖鑽過強力結界的玲瓏館邸黑森林中遭遇了埋伏。昨晚與他爪刃交鋒的劍之英靈——劍兵也在森林中。兩人自然再度交戰，但事情沒有這麼簡單。還有幾個英靈介入了使盡最後一絲力量狂暴化的狂獸與劍兵的一對一激鬥中。

槍之英靈（Lancer）。身披甲冑，持用巨大長槍的長髮女子。

弓之英靈（Archer）。神出鬼沒，從林木縫隙間放箭的男子。

以及——

乘飛翔之「船」現身的騎之英靈（Rider）。

捱了劍兵的刃、槍兵的槍，應來自弓兵的冷箭，也為完成目的不斷搗毀黑森林進擊的狂獸，在猛烈光雨之下也只有焚燒的份。

滿身灼光的他，以最後僅存的意識默想。

這就對了。

身為惡念的發露，在主人指引下找尋自我的自己（Hyde），終究無法為正義而戰。原本，他不可能會這樣理性（Jekyll）思考，但這瞬間，那的確存在於狂獸崩解的腦髓中。

若問什麼是他最大的遺憾。

劍之英靈，劍兵。

就是沒能回饋這身披蒼銀的人物，直到最後都期望與他對決的心意吧。面臨這扭曲的畸形身心，其他英靈與恐怖的光之洪流，那高潔的英靈仍開口說：

「這是我的戰鬥！如果可以，請你們不要插手！」

何其「善良」的使役者啊。

那絕不是天真。

他道出口的，是對狂獸的慈悲。

剛開始與劍兵再戰時，狂獸的心臟已在前次戰鬥中被看不見的劍貫穿，靈核相當虛弱。

爾後更在槍兵與弓兵的偷襲中捱槍中箭，因主人之死而失去魔力來源。能不就地消散，持續對英靈們張牙舞爪，化為破壞的暴風，全賴寶具靈藥所賦予的幾項技能。尤其是巨幅強化耐力的狂暴技能，以及能將其發揮至最大極限的自我改造技能。可惜到頭來，沒拖得任何一騎路上相伴。

勝負已經底定。

但那名劍士仍要求一對一，刃與爪的對決。

對於既無尊嚴也不英勇，只有滿腦子昏愚的狂獸，那簡直是眩目的無上榮耀。

『————！』

最後一瞬。

向天高伸的狂獸鉤爪是為了阻擋攻擊，還是渴望抓取遠在飛翔之「船」上方的明月呢？

抑或是，向高潔的騎士以爪致謝？

無論如何。

那鉤爪已消失在光輝之中。

「……真是強大的英靈。」

東京都杉並區，能夠遠望玲瓏館邸的高層公寓頂端。

一名女子輕聲呢喃。

那是個年輕的女子。

有著褐色肌膚。

從骷髏形象的白色面具下透出的視線，緊盯著從高空持續放射光芒的「船」。這船並不存在於她生前的知識中，但以使役者身分現界的現在，她認得出那是古代埃及神話中的「太陽船」。

會以此為寶具的英靈相當有限。

必然是至神之王──法老的其中之一。

古埃及王朝歷代法老中，能操縱那般強力寶具的，肯定是歷史上赫赫有名的絕世霸主。

使役者的「強度」雖不與其威名成正比，但那總歸是遠在紀元前就獲得神祕，締造偉業之人，實力絕不容小覷。

「必須儘早處理才行。」

她簡短低語。

可是又立即稍微搖頭：

「……不，不可以。」

怎麼能不知分寸，自作主張。

自己真正的主人，那天真爛漫，比盛開花朵更美麗的少女，一定能以自己始料未及的手段漂亮地了結他的性命。即使太陽、月亮，都無法企及那名少女的光輝。

自己，只需遵從主人的命令。

就像前不久——

沒錯。不久之前，她就「殺了一個」。

用這肢體，深深擁抱對於聖杯戰爭一無所知，卻稱狂獸為「朋友」，高喊正義的可悲青年。

優雅，輕柔地擁抱，抹上滿滿的毒。

唇與唇交接。

溫柔而濃情。

融化他所有腦髓與神經，將他殺害。

其實，那是她現界以來，主人第一次直接下達的殺人命令。這讓她與那青年相吻的瞬間激動不已，甚至不禁發抖。從背脊直竄腦門的火熱與甘甜滋味，相信會比青年所感到的還要強烈。

殺人後亢奮得喘不過氣，這還是第一次。

自己對主人，

就是如此地——

「我的一切，都要獻給主人。」

女子再次低語。

兩眼直瞪「太陽船」。

召出弓兵的魔術師，日前已在奧多摩山區命喪那少女之手。無論弓兵是多麼精悍，多麼強大的英靈，也已經不是少女的對手。

其他六騎中，少女已將含自己在內的三騎納入掌中。

只剩下槍女（槍兵）和魔術男（魔法師），以及——

在視線彼端操弄光輝的那名英靈。

缺乏正面戰力的自己怎麼也敵不過他，恐怕接近之前就會被那光輝燒得灰飛煙滅。儘管如此，倘若少女那對令人憐愛的脣之間吐出的聲音、言語下令，自己一定毫不遲疑執行。

即使粉身碎骨，也一定要接近他。
無論他人在空中，
還是深居要塞，
甚至寢室或任何地方。
自己必將全力潛入，與他一吻。若有必要，可以做得更多。
「……愛歌大人。」
女子唸出少女的名字。
沒錯，不管對手是何方神聖，只要她一聲令下。
只要，能讓那澄澈的雙眸多看一眼。
只要，能讓那眩目的光輝照耀。
哪怕是飛翔的光輝之王，心懷哀愁的女子，清廉的魔術師，手持聖劍的騎士王——
甚至年紀輕輕的孩童。
都必將以這脣、手指、肌膚、肢體，殺給您看。

關於與其他陣營合作。

聖杯戰爭中，其他六騎英靈與六名魔術師當然都是敵人。

都是遲早得打垮、殺害的對象。

但是，這同樣有例外情況。

為避免於戰爭初期消耗過多，主人之間可能暫時結盟。

藉兩騎英靈聯手的方式，有效排除其他單獨英靈後，再與同盟對象一決雌雄——

這是種效率極高的手段。

以一敵二也不至於陷入苦戰的英靈，不太可能存在。

然而同時，這手段暗藏極大風險。

畢竟，同盟的使役者和主人終究還是敵人。
隨時都有可能背叛，務必提高警覺。

慎防暗箭。
即使是身經百戰的英靈，老練的魔術師，遭偷襲時都非常脆弱，不堪一擊。

無論下哪一步棋都一樣。
一刻也不能大意。
認為動手時機到了就千萬別猶豫，立刻動手。

（摘自某冊陳舊筆記）

她曾試著睡著。
其實她已換上睡衣，像這樣躺在床上。

「嗯……」

但就是做不到。

覺得今晚怎麼也睡不著。

玲瓏館美沙夜在主邸二樓的自己房間，茫然望向浮在窗外的明月，靜待瞌睡蟲造訪。

日前獨自闖入後院黑森林的事，當然惹來了父親的責罵，從此夜間禁止外出，就連院子也不行，還說盡量不要在屋子裡走動。說穿了，就是天一黑就乖乖睡覺的意思。

美沙夜十分明白自己做了怎樣的蠢事，認為父親的要求合情合理。

所以想早點睡著。

在柔軟的床墊上，裹著溫暖的毛毯。

不過睡不著。

意識清醒得很，養不起睡意。

因為——

「睡不著……」

睡不著，沒睡意。

其原因，美沙夜也很清楚。

那就是昨晚後院林中發生的一切。雖然禁止使用使魔後，只能在窗邊看，但美沙夜還是以她的雙眸清楚看見了。

光流，輝耀，熾熱。

不該出現在深夜，耀眼得令人想到陽光的光之洪流。

以千里眼(Claire voyance)魔術所捕捉到的身影，無疑是那名男子——造訪這玲瓏館並與父親結盟的英靈騎兵，不會是其他人。而他腳下的一定就是他的寶具。飄浮夜空的「太陽船」，以及它所放射過分強大的烈光——

甚至給美沙夜置身於神代傳說的錯覺。

幸好那是發生在魔法師展至高空的結界之內，一般人應該不會看見那些情境。未經魔力加持的眼，別說是飛翔的船，就連那些光都看不見吧，但他們仍會將那些破壞當作間歇性的地震。

若以魔術製造那麼大規模的破壞，將會是多麼巨大的魔術呢？光是想像，就讓美沙夜感到頭暈。同時她也深深地自覺到，自己正親眼見證聖杯戰爭這空前絕後的廝殺漩渦。認知這事實，使緊張感理所當然地湧上，還有種更強烈，近似興奮的感覺。但願自己全部情緒中，後者占了較大部分。

然而事實是如何呢？

真正想的——不是昨晚的情景，而是父親。

父親的神情烙印在腦海裡，揮之不去。

戰況怎麼說也不算壞。魔法師以這屋宅為中心編造的結界，堅實地抵禦了使役者們的入侵。那三騎使役者至今以各種強力手段嘗試入侵許多次，但沒有一次能夠到達主邸。唯一可能將結界視若無物，大剌剌侵門踏戶的強力使役者騎兵，已與玲瓏館家結盟。

而昨晚黑森林的戰鬥中，狂戰士已在劍兵的刃前倒下，被騎兵的光完全消滅。

雖然與那般強大的騎兵同盟，到頭來還是要與他對陣，見到那光景的魔法師依然對美沙夜表示「不必擔心」，可見他對自己的魔術或寶具有著絕對的自信。

「我很安心」之類的話，美沙夜知道自己說不出口。

恐怕這就是聖杯戰爭的本質吧。美沙夜心想。

不過，儘管如此。

光雨結束後，父親的神情——

竟是非比尋常的驚惶，從平時的他根本無從想像。

他看著美沙夜，似乎有兩秒以上說不出話。

父親究竟見到了什麼呢？

真令人掛意。

這就是美沙夜輾轉難眠的最大原因。

「嗯嗯……」

不行。

怎麼躺都睡不著，閉上眼也很快就忍不住張開。

於是，美沙夜跳下了床。

穿上兔子造型的溫暖室內脫鞋。

伸手碰觸老舊東歐製大木桌上的收音機。美沙夜只有在睡不著的時候才會動它。儘管美沙夜與絕大多數生活於現代的魔術師一樣，對機械不怎麼拿手，日常鮮少接觸電器用品，但媽媽送的這台收音機則另當別論。

美沙夜旋動圓形零件，調整頻率。

她知道收音機的原理。以ＡＭ收音機來說，是以天線接收經過調變的音訊電波，再將接收的訊號復原，播放音訊。經過這些過程，四谷或曙橋一帶的市內電台所錄製的節目，就能在遠離都市的玲瓏館家中稍微晚一點點地響起。

結果——

「……奇怪，怎麼一台也沒有？」

什麼也聽不見。

正確而言，不管怎麼轉都只有雜音。

會是壞了嗎？操弄神祕的魔術師和機械這樣的文明產物怎麼也處不來，這樣的例子不勝枚舉——這在魔術世界中是眾所皆知，買來沒多久就壞掉的事也屢見不鮮。

只是美沙夜不太能接受。

明明自己是那麼地愛惜。

「壞了就壞了吧，等聖杯戰爭結束以後再找人來修。」

請傭人處理一下就行了。

美沙夜稍稍想過請目前作為臨時傭人的人造人來處理，最後還是默默打消了這個念頭。她們總歸是魔法師的所有物，不該當作玲瓏館家的傭人使喚。

那麼，現在該怎麼辦呢？

睡不著。

意識十分清醒，能打發時間的收音機也無用武之地。

是能看看魔術書或複習學校課業，不過她完全提不起勁。白天能走動的時候，兩者都做過了。尤其是學校課業，對她而言實在是無聊到極點，早就自修到了國中以後的必修科目，而且都快學完了。照這速度來看，很快就要邁入高中學科。

換作魔術則是怎麼練也不會覺得足夠，自己也總是不遺餘力，但那是白天的情況。若在只是眼睛或意識清楚，卻能感到身體需要睡眠的狀況下，再怎麼翻魔術書籍也一定記不好。

因此，美沙夜稍微想了想。

接著輕輕走到門邊。

盡量不發出聲音。

溜到走廊上——雖然禁止外出，在屋裡走動只是「盡量避免」，並沒有完全禁止。而且她也想好理由，且是個不算說謊，能讓人准她出房間的理由。沒錯，就是去化妝室。就只是為了這個目的走動，並不是為了離開房間；不小心多繞了點路的部分，還請多多包涵。

一出走廊，嘴裡呼出的氣就變白了。

二月的空氣依然冰冷，尤其是夜晚。

走廊和房間不同，沒有地暖設備，拖鞋暖得讓人安心。

美沙夜盡可能不發出腳步聲地走著，忽然望向窗外。

（應該沒問題吧。這不是我該擔心的事……吧。）

並在心中嘀咕。

不能派遣使魔，就無法掌握目前屋內整體狀況。

然而，屋內設有無數感知魔術。雖然之前的戰鬥發生至今已有數小時，不太可能還會有人試圖入侵，但萬一真有不速之客，魔法師或父親也會立即察覺。

「……無數啊。」

不禁出聲呢喃。

今晚，玲瓏館美沙夜她也想起了自己的不成熟舉動。無數。沒錯，一如字面。即表示──

「就是這麼回事，妳也發現了吧？」

他的聲音接著響起。

美沙夜偷偷地微嘆一口氣，轉過身去。視線彼端，想當然耳，是高個子的他。烏亮的長髮，深謀遠慮的眼眸。獲得暫時肉體而現界於現代的魔法師。

「玲瓏館家的屬地裡，每個角落都有我的『眼線』，走廊也不例外。這麼晚了，不可以在外面走動喔，美沙夜。妳知道令尊有多擔心妳吧？」

美沙夜就這麼被請回寢室了。

由於說謊不好，她最後還是將「去化妝室」的理由化為事實。就結果而言，他在那段時間也一直等在走廊上。即使美沙夜不太高興，要他別做傭人般的事，他也若無其事。

「我會等妳。」

「不用啦。請別這樣，魔法師。」

「不行。」

「就說……」

「我會等妳。快吧，美沙夜。」

拗不過他。

有種難以言喻的難堪。

被他喊出名字時，美沙夜才明白這是一種懲罰。

於是乖乖接受，忍受羞赧。不久離開化妝室，穿過走廊，返回房間。

「來，快上床。那雙可愛的拖鞋，就讓我幫妳脫吧。」

「……不用了，這種事我自己來就好。」

美沙夜默默地嚥下幾乎成形的失落感。

這場面，這局面下，無論怎麼想，自己都居於劣勢。他那副「我要盯著妳到上床闔眼為止」的行動，也許在平常有點過分，但現在合情合理。

從淑女教育的觀點來看，對於夜間有男性進寢室當然是有所抵抗。

但他不以為意。

不僅如此，還有種將美沙夜當幼兒看待，認為在床邊看著她入睡是種義務的感覺。這讓不服與失望又差點衝上她心頭，現於表情。現在非得默默接受、忍耐不可。

「哦？哎呀？這是現代的機械嗎？」

「是的，那叫作收音機。」

「嗯，原來這就是收音機啊。」

「您對那有興趣嗎？」

美沙夜在他專注於桌面時脫下兔子拖鞋。

並一下子就將裸露的雙足縮進床上毛毯底下，向他詢問。

「就是啊，我很有興趣。只要是精良的技術，無論是什麼樣的機械，都能成為很好的參考。創意或靈感，都需要平時一點點累積的知識才能發光發熱。」

魔術師興致盎然地不斷觀察收音機。

英靈對現代社會的文明都有基礎認知才對，為什麼一台收音機會讓他看得這麼入迷呢？他沒有收音機的相關知識？還是說，母親送的——傳自祖母的這台收音機，不在現代知識的範疇內，所以不懂？還是因為它造型特殊？

儘管不懂，美沙夜仍姑且說出口。

收音機。音訊電波、電子信號的收發系統，以及遠端播放裝置的總稱。

使用目的有——

「休閒、通訊還有宣傳嗎？」

「對。有休閒節目、傳播資訊的新聞節目，也會用在宣傳商品、公告事項上面。」

「和所謂的電視很像嘛。」

「我也覺得很像，差別就在於電視有影像，收音機沒有。收音機流行於全世界之後，電視才發明出來，然後快速普及。」

「原來如此，真有趣。」

魔法師深深點頭。

想不到這名被人奉為傳說的鍊金術師，會對現代日本任何人都用得理所當然的收音機這麼感興趣。這樣下去，要是聊到了B.B. Call，說不定還捨不得讓美沙夜入睡呢。

若時間充裕，這也不壞。

畢竟他是個很懂得提問的人。

包括使用目的、原理、普及率、不同世代的傾向等。

他就這麼一一對不懂的事發問，並仔細咀嚼，將所得資訊納為己有。在如此理解與提問並行的狀況下，美沙夜也越答越洗練，相談甚歡。該說真是聊對了嗎？

雖然美沙夜心中，的確還想多聊一會兒。

但覺得有點累了。

眼皮好重。

前不久還毫無感覺的睡意陣陣逼來。

一這麼想，意識就跟著模糊。明晰的思緒逐漸崩潰，昏昏沉沉。

「美沙夜。」

「什麼……事……」

「今晚真是謝謝你了。妳就睡吧，不必操心。」

「嗯……」

眼皮，不由自主地闔上。

彷彿是受到他那沉穩語氣的引導：

「安心睡吧。有能力破壞我這魔術要塞的騎兵，和令尊結下了主人間的同盟協定，可惡的劍兵目前也不會打算強行入侵吧。妳大可安心入睡。」

魔法師如此細語的同時——

手，與他相觸。

「祝好夢。」

在頸部後方——

與「後頸」相觸的左手，有種不可思議的暖意。

前幾天的他體溫是那麼低，今天卻溫暖多了。

美沙夜忽然放鬆，越沉越深。

「咦……」

「這是幫妳好好睡一覺的小法術。」

「小……法……術……」

眼皮閉闔的瞬間。

美沙夜望著溫柔微笑的魔法師，恍惚地想著——

為什麼？

他為什麼會用「可惡」形容劍兵呢？

前幾天不是才用「高潔的英靈」形容那名蒼銀騎士嗎？

現在卻變了。

究竟是什麼，讓他改變了形容——

關於英靈的彼此關係。

如前所述，參與聖杯戰爭的英靈將例外地擁有人格。

過去也曾論及恐因此發生的問題，而這裡再舉一例。

英靈與英靈。

除了成為可怕破壞的化身相互激鬥之外，他們也可能發展出其他關係。

當一騎英靈因人格驅使而對其他英靈產生某種執著時，非常可能發生主人也無法控制的狀況。

極少數的英靈，可能擁有必須執著至一定「深度」，才能發揮最大力量的寶具。召喚出這種英靈時，利用魔術或靈藥等強制性手段加強他對其他英靈的感情，也是種不壞的手段。

但是，這完全是例外狀況。

英靈執著於其他英靈，是一件危險的事。

無論那是敵意或愛慕。

過剩的執著，將使主人難以構築必勝局勢。

假如置之不理，英靈與主人的關係將輕易決裂；若已與其他陣營結盟，也多半會危及同盟關係。

在此提供一個應對方法。

那就是用心理解自己的英靈，掌握他的故事，認識他的心理。

要正確解決因英靈人格所產生的問題，就必須如前述所言，除彼此交心、構築良好關係外，別無他法。

務必與自己的英靈建立起能夠凌駕任何執著的關係。

（摘自某冊陳舊筆記）

天才——

天賦之才，指的完全就是那東西吧。

主人階級第一級熾天使。

使役者位階第一階劍之英靈的所有人。

那個女孩。

叫作沙条愛歌。

事到如今，我才將那個男人過去所說的話放在心上。

沙条家現任當家，和我這玲瓏館現任當家屬同輩，又都是以同個城市為據點，擁有古老血脈的魔術師，至今自然有過不少交流。所以我知道，那個男人不是會開無聊玩笑的人，更不會自取其辱、虛張聲勢。

雖說有過不少交流——但僅止於魔術層面，與俗人那樣的私交相差甚遠，其實有只有聊過幾次關於研討魔術的話題。儘管如此，比起其他魔術師已堪稱是「親近」很多。雖然從這樣的標準來看，那些隱藏魔術師身分與我接近的近鄰，或許還要比他來得更「親近」。

在那幾次的交談中，他的確曾經說過——

自己的女兒沙条愛歌。

是沙条家系中從未出現的天才。

愛歌身上確實具有以家系血脈代代相傳的魔術迴路，但他不確定那是否算是沙条家的魔術迴路；而後幾年出生的綾香身上，就是不折不扣的沙条家魔術迴路。

他說：她的一切都是例外。

不僅是魔術迴路、學習速度、魔術適應性，就連父親或沙条家歷代當家都不曾接觸的魔術，她也能以驚人速度駕輕就熟。

一時間，我怎麼可能相信這種話。就算那不是玩笑，也不是作勢，也應該摻了不少誇張成分。或許沙条愛歌真的是屬於秀才、天才一類，但那種「怪物」絕對不可能存在。應該只是和魔術迴路一出世就比我更優秀，一身好資質的我的愛女美沙夜一樣，生了一個擁有稀世才能的繼承人而已。

當時的我，居然會愚蠢到這麼認為。

啊啊……啊啊，一點也沒錯。

我真是太愚蠢了！

「……原來如此。哈哈，我懂了。」

玲瓏館邸的地下研究室中，我不禁微笑。

映在玻璃瓶上的表情，空洞至極。

豈能讓女兒和妻子見到我這種窩囊樣。

空虛的笑臉。是啊，我是笑了。

但不是因為歡喜。

這笑臉，無疑是恐懼的具體呈現。

可愛。因想起原本能這麼形容的表情而顯露的恐懼——

那東西，那個具有人類外形的東西，的確——

的確是「天才」。

若非如此——

『你好啊，玲瓏館叔叔。該說幸會嗎？』

那燦爛如花的微笑。

美麗妖精般的細語。

以及，映在那對眼眸深處，「不應存在的某種東西」。

一想到那少女當時對著我微笑的模樣，我就怕得全身緊繃。

她是，幾天前於東京召開的史上第一次聖杯戰爭開始以來，只見過那唯一一次的女孩，出生於沙条家的長女。

「究竟是……什麼時候……」

美沙夜——

我的女兒遭遇狂戰士和劍兵那晚，似乎真的沒有看見沙条愛歌，我還記得當時自己有多麼放心。啊啊，太好了。根本就沒對她怎麼樣嘛。當時那些話，果然只是嚇唬人而已。

『比起對主人本身下手，如果他有缺乏抵抗能力的「弱點」，攻擊那裡應該比較有效率。叔叔你覺得呢？不對嗎？

例如美沙夜，真是個可愛的孩子。

要是失去了她——叔叔，你應該會非常痛苦吧？』

沒錯。對，一點也沒錯。

她只是故弄玄虛，所以美沙夜才沒事。真的什麼也沒有，沒有一點傷，當然也沒被人奪去性命。那個少女說那些話，不過是想牽制我而已。無論她父親把她形容得多麼天才，也不可能敵得過以魔法師位階現界的傳說鍊金術師帕拉塞爾蘇斯，即馮·霍恩海姆的萬全魔術。

對。我在那晚下了這樣的判斷，還覺得鬆了口氣。

但是為什麼？

到底是什麼時候？

美沙夜一直是由這魔術要塞重重保衛——

沙条家那個女兒究竟是「怎麼下手」的？

「……我算什麼東西？什麼遠東第一的魔術師？被一個小丫頭弄成這樣……」

在嗚咽中，我笑了。

我在研究室中茫然踱步，拿起到處放置的魔術禮裝看幾眼，再不耐地摔碎在地。不對，不對，這不是我要的，要快點找到才行。這原本是該聯絡魔術協會或全球黑市，用盡一切手段徵調的東西，但現在與外界接觸的風險太大。

聖杯戰爭這個本該讓我成就大願，造就無上榮耀的儀式，現在卻成了最高的牆，阻礙我一切行動。現在的我離不開這座被結界保護的宅院，外面的人也進不來。就算我要找的東西真的就在這世上的某個角落，送不進來也沒意義。

所以，我開始在玲瓏館邸中不停找尋。

雖然我的蒐集品沒那種東西，但祖父的遺物裡或許會有。

我懷著這樣的希望，找了又找。

同時，心裡藏著極為明顯強烈的「疑念」。

「在哪裡？到底在哪裡？就是那個，如果沒有那個就完了。」

持續不停找著——

「美沙夜……美沙夜沒有那個『就完了』。」

那可不行。

不行，不行，絕對不行。

不只是我，魔法師也發現了。

詛咒的痕跡。我的女兒美沙夜身上，有被人下咒的痕跡。雖然所幸她自己還沒發現，但她畢竟是我和妻子所生的優秀女兒，很可能再過一陣子就會自己發現了。

我和魔法師是幾小時前發現的。

到底發生什麼事了？

是在消滅狂戰士那場戰鬥中被暗算的嗎？

不會有這種事，任何人都不可能穿過我和魔法師的監視網。

但是——

沙条愛歌——

如果是那個少女。

就能像那天穿過監視網，出現在我眼前一樣。

若她是趁我和魔法師的注意力都集中於戰況時，躲過我們的「眼」和美沙夜接觸而對她下咒，事情就說得通了。

我知道她天賦異秉，但那根本不止於此。

簡直是怪物。

竟然能在我玲瓏館邸這半異界化的魔術空間來去自如，而且還兩次。

因為她是個魔術師？

就連面對使役者都不會這麼恐懼的我，強忍著隨時可能衝出口的哀號，到處翻找。

尋覓我現在——

不，是「美沙夜現在」需要的東西。

應該還來得及。

一定要讓我趕上。拜託，拜託——

「……祝妳作個好夢……」

他注視著入睡的少女，悄然低語。

靜靜地，坐在床邊。

伸出右手，以手背溫柔觸摸少女雪白的臉頰。

「美沙夜。」

並呢喃她的名字。

那是，這閉眼沉睡的少女。

那是，這父疼母愛的少女。

那是，自己選作高貴祭牲的少女。

有那麼一剎那，憂傷浮上他的表情。

但他沒有違令。

因為他的背叛已是事實。

於是他張開雙唇，對不在這裡的某個人獻上自己的言語。

「我的主人，我已經照您的吩咐，和她連結得『更深』了。」

同時——

注視著少女。

「是，請隨意。

無論任何詛咒，只要您想，隨時都能從外面降咒。」

就像——沒錯，就像收音機一樣。

他淡淡地接著說。

沒有回話的聲音，說不定只有他能聽見。

「不。全世界都是您一個人的。

只要是您決定的事，我怎麼想都沒有意義。」

他——

向虛空行了一禮。

「我的主人，為統領天下萬物而降世的根源之女啊。

就連充斥真正星光的遠古諸神，也無法媲美您的光輝。」

恭敬地——

彷彿面對他「真正該侍奉的主人」。

「——沙条愛歌大人。」

Best Friend ACT-5

我的朋友──

我親愛的同胞。
承我教習之莘莘學子的後人。
在極東之地不斷鑽研，將魔術雕琢得歎為觀止的可貴門徒啊。

身為玲瓏館當家，且參加召開於東京這極東之都的「聖杯戰爭」，為成就廣大魔術師之長年大願，在這殘酷征戰中奉獻一切……啊啊，真的即將奉獻一切的朋友啊。

我帕拉塞爾蘇斯，在此向你致敬、致哀。
因為你企盼聖杯實現你的悲願而做的一切努力，到頭來全是白費。

但是，請你不要傷悲。
也別怨懟。

我期待，你能正確地放寬靈魂的視野、意識與感覺。這麼一來，即使現在無法得救——

也將在遺憾後悔，血淚流盡之後——

獲得新的使命。

對，就像現在的我。

即使無法完成個人或家系的願望。

在某一方面，大願也將成就。

成就於美麗璀璨，與根源相連的動人公主(Potnia)之手。

「原來你很早就背叛我了嗎……魔法師？」

聲音，一字字地融入夜空。

即使在都市內，滿布月光與星輝的天空也出奇清澈，彷彿有某種純潔的東西就要降臨。

純潔，清淨。真是如此嗎？

至少，美麗是真的。

絢麗且燦爛的少女。

以及，與她如影隨形的高瘦青年。不，該說是壯年吧。至少化為英靈前，他也應該有過一段不短的人生，在天命之年中體驗過一段不短的時間，稱作壯年並無不適。

只是外觀仍是個翩翩青年——

而那張青年的面貌，朝的不是「這一邊」。

超乎人知，掌中力量只存在於神話傳說的英靈，使役者之一的魔法師，只是將視線投向跪在玲瓏館邸前院的鋪石上咳血，顫抖著伸出左手的前主人。

不發一語。始終，保持沉默。

以這樣的反應告訴他，現在和他無話可說。

「這樣……啊……」

呻吟聲。

一道深紅自男子嘴邊流下：

「你的結界的確完美無缺。就算是神代的魔術師，想穿越結界，以魔術擾亂美沙夜等……都是不可能的事。但是只要——」

那是確信的口吻。

「你自己……」

憤怒的聲調。

「在結界裡面搞鬼，就易如反掌。」

懊悔的語氣

而其中最多的，是絕望的音韻。

魔術師對他從前以友相稱的玲瓏館當家這番話毫無反應。就連那施捨般的視線，也給予了沐浴在月光星輝下微笑的少女。

他恭敬地低下頭，輕聲說道：

「沙条愛歌大人，我們今晚就順著日前宰殺狂獸（狂戰士）的氣勢，再消滅一騎英靈吧。倘若事態順利，甚至可能兩騎。」

「好，就這樣。」

「一切都將任您所願。」

「是啊。」

「——儘管如此，您似乎還是有所不滿，是因為還沒有殲滅奧多摩那一族嗎？只要您一聲吩咐，我馮·霍恩海姆定當赴湯蹈火，使命必達。請別忘了，您可是唯一與這世界對等的人啊。」

「嗯……不需要麻煩你。奧多摩那邊，有我和那孩子就夠了。」

「遵命。」

兩人一派輕鬆地對話。

內容卻令人毛骨悚然。

試著忍痛從鋪石爬起的男子，明確地理解了那對話的意義。意思就是，她打算殲滅那個召出強大使役者——騎兵的魔術師與其族人。儘管那裡遠不及「神殿」，也是由數十名魔術師在奧多摩深山共同編造的強力魔術工坊。只憑兩個人就想攻陷那樣的地方，遑論殲滅，簡直太過魯莽。

不，或許一點也不魯莽

連這無疑能稱作「神殿」的工坊都被她突破了。

而且是如此游刃有餘。

怪物。

這兩個字閃過男子腦中。

沒救了。憑男子一個，絕不可能殺死這個與英靈——使役者魔法師比肩而立，甚至開始微笑的少女。她雖擁有壓倒性的強大力量，無疑是個天才，男子想得到的形容詞還是只有「怪物」。

為什麼呢？

她的才能的確無比優秀。

且在最大戒備的狀況下，體會到那是多麼可怕。

但是，精修四大魔術，甚至觸及賢者之石的大魔術師——升至英靈境界的馮・霍恩海姆・帕拉塞爾蘇斯都願意臣服她？無論她如何天才，到底還是個人類，何德何能讓使役者為她卑躬屈膝？

這麼說來——

浮上腦海的仍是強烈的疑問——為什麼？

「你……為什麼？為什麼你會向她屈服？

將我當作朋友的你……您，帕拉塞爾蘇斯大師，不是和我走在同一條路上嗎？正因為我們是有志一同的魔術師，才能結下其他使役者不會有的緊密聯繫啊。如此這般的聯繫，應該是真的……」

存在啊——男子曾這麼相信。

他的脣所送出的總是睿智之語，甚至充滿人性的慈愛。大多數魔術師在修練途中必然捨棄的人性，在他口中卻是種寶藏。那樣的人格，的確有資格名列各個淨是神話歷史中英雄豪傑的英靈之一。

然而——

就最明顯的事實來看。

男子的愛女美沙夜遭到了「詛咒」。現在，那已經比發覺時更濃更深，惡化到無可挽回的地步了。

下此毒手的，無疑就是——

「回答我，魔法師……！」

沒有回答。

無論男子——這玲瓏館當家如何嘶吼，得到的也只有夜晚的寂靜。

過去稱他為主人的青年，難道已經不存在了嗎？

代青年低語的，是那名少女。

輕柔、親切，隱約夾雜著戲謔的味道。

他對跪倒不起，難以動彈的男子說：

「玲瓏館叔叔，不需要這麼害怕嘛。」

真是個美麗的女孩。

包圍她的深夜，也彷彿是盛開的花園。

聖杯戰爭，魔術師與英靈七人七騎的廝殺。她彷彿與這般血腥濃厚的戾氣與殺戮極為遙遠，在充滿溫暖光輝、微笑與和平的樂園中向男子微笑。她的模樣，竟給人這種錯覺。

少女。

光輝。

公主。

就是能這麼形容的一個人。

「你不是還有個擁有闇夜太陽船（Meseketet）和非常可怕的熱沙獅身獸（AbulHool Sphinx）等寶具，看起來所向無敵的盟友（騎兵）嗎？以後會怎樣還很難說喔？」

她微笑著說。

溫柔可掬。

「在東京灣，有我的劍兵……還有順便來的弓兵和槍兵在和他戰鬥。說不定，騎兵會打贏他們三騎呢。」

她微笑著說。

瞇彎雙眼：

「所以，請你再振作一點嘛。你又還沒有失去朋友（魔法師），他只是變得稍微和我要好一點而已，他還在這裡喔。」

她微笑著說。

彷彿真的有什麼讓她打從心底「高興」。

是什麼呢，自己的優勢嗎？連站立的力氣也沒有，只能跪在鋪石上望著她的男子想也想不透。他無從察覺，少女近乎純真的喜悅，是來自於自己能替深愛的某人盡一切所能。

只能感到——

那對星月交輝下的眼眸深處，有座無底的深淵。

「你的朋友魔法師今晚也幫了我一點小忙，而且成果還不錯喔。多虧有他，我最重要的他（劍兵）才能在騎兵搬出來的光輝大複合神殿（Ramseum Tentyris）裡自由揮劍。

那是一件很可貴的事喔。

因為那把劍是他的榮譽，甚至能超越時間呢。」

少女這麼說完——

哼起了歌。

那是，在遍灑月光的庭園中起舞的妖精之歌？

還是，祝福聖杯戰爭的勝者之歌？

抑或是——

百獸公主（Potnia Theron）為歡迎來自深淵的某物而道的末世預言呢？

「無論過去，

現在，

還是未來。」

嘻嘻。

夾雜些許笑聲。

「那是能超越所有時光，

讓大多數人醒不了的夢，尊貴『榮耀』的形象。」

轉啊轉啊。

舞動得像一大朵盛開的花。

「也是常勝之王揮舞的寶劍，來自天際的一縷星光——」

轉啊轉啊。

笑著，轉著，高舉左手。

「——呵呵。當他的劍劃破東京夜空的『那一刻』，一定會很美吧？所以我要早點辦完才行。杉並離海很遠，奧多摩又是深山，說不定會看不清楚那時候的光呢。」

說完——

少女淘氣地閉起右眼的動作，彷彿表示「你應該懂吧？」但實際上無從得知。會是「我要親眼看看成果」的意思嗎？男子難以思考下去，他已瀕臨「極限」。

「呃……嗚……！」

少女的動作似乎觸動了什麼，男子不禁呻吟。

深紅溢上前院鋪石，「啪刷」地砸出響亮水聲。

視野劇烈搖晃。

從全身劇痛能夠瞬即明白，肉體遭受了急遽性的損傷。他並不是遭受攻擊，損傷、痛苦全是源自體內。即使他持續以魔術治療，全力減緩損傷速度，但極限已到。

而這片狼藉，就是結果。

在現於東京灣上空的大複合神殿中，應正進行的激戰戰況如何，男子無法得知。周邊有如固有結界的領域阻隔了遠視或透視魔術，甚至使魔的入侵。

但這領域之中，有著一個鐵一般的事實。

那場決戰之際——

複合神殿之主騎兵，與劍兵(Saber)、槍兵(Lancer)、弓兵(Archer)「三騎士」死鬥中，魔法師的的確確背叛了他。也就是說，男子的使役者魔法師，背叛了與他以契約魔術同盟的對象。

這是「違約行為」。

自我強制條文這樣的術式文書捺下血印署名後，一旦毀約就會受到相對的報復。具體而言，就是男子體內的魔術刻印會造成現在這樣的損傷。

若不處置，很快就性命不保。

在脖子與太陽穴浮現的粗大血管膨脹到相當危險的程度，陣陣脈動。

破壞原訂合作到只剩最後兩騎的同盟關係，就得以死謝罪。那就是這樣的契約，具有這樣的強制性。魔術刻印將自動侵蝕肉體，而只有一個阻止方法，就是立即停止違約行為。

「魔法師！吾以此令咒號令吾友——！」

男子大喊。

全神貫注於令咒的存在。

現在只能使用令咒，強迫應還屬於自己的使役者——魔法師聽從命令，立即停止對騎兵的所有背叛行為。此後，再以剩餘令咒解除他對美沙夜施加的詛咒，消滅這怪物般的少女。

但是，實際施行的順序卻是相反。

首先得殺死這個最大障礙，造成一切問題的少女。

接著，是救回女兒美沙夜。

中斷背叛行為擺最後也不要緊。

「給我把沙条愛歌……！」

用盡令咒三劃，贏得聖杯戰爭的可能是微乎其微。

但男子認為那也無所謂。

此時此地，現在這一刻，就是必須使用令咒的時機。

能感到內臟和骨骼正被陣陣消磨。那是契約魔術的效果。常人幾乎忍受不了這種自己被由內侵蝕的感覺，但男子卻辦到了。對於自己有這麼強的精神力，男子伴著驚愕將它嚥下。

說什麼都要撐過去。該說的，就只剩短短幾個字。

殺了——就這樣。

說完就行了！

只要魔法師將寶具真名解放，連英靈都能瞬間消滅。無論她天賦的才能再高，也不過是個人類少女，絕無招架之力！

「呵呵。」

笑聲。

宛如風鈴。

少女的眼，就在男子面前凝視著他。

她是什麼時候接近的？

明明有一段距離啊。

沒有任何施行魔術的動靜，少女就這麼近在眼前出現，只離幾公分的位置。男子被那澄透雙眼射出的視線射穿，口中的話戛然而止，舌頭無法動彈。

「……！」

不能動的不只是舌。

手、腳，身體每個部位都無法動作。

「叔叔，能請你退出嗎？把魔法師正式讓給我吧。我還有其他事情，想請帕拉塞爾蘇斯先生幫我做呢。」

「……想……得……美……！」

男子挪動了應該動不了的脣舌，吐出幾個字。

同時口腔淹滿鮮血，妨礙已經相當困難的呼吸。那是因為契約魔術的效果，還是反抗少女的視線？無論如何，能在這狀況下出聲，全賴他超乎常人的強韌意志。

面對這份執著，這份氣魄，動人的少女將如何回應？

是憐憫？

是哀傷？

還是會同情心起，應了他的意？

「呵呵。好吧，既然這樣——」

她一直微笑著。

這笑容的印象，完全就是朵燦爛盛開的花。

「我就給你一個退出的理由吧。

我原本就已經構思到『一半』，現在馬上把它完成喔。」

她一直微笑著。

以眼眸、嘴唇和言語，散發純潔之美。

「其實，我一開始就想這樣做了——」

她一直微笑著。

如花朵般燦爛。

如天使般純潔。

更如[redacted]般殘酷無情。

關於使役者的背叛。

因聖杯而現界的英靈，本該成為其主人之魔術師的力量，是完成聖杯戰爭這魔術儀式不可或缺的一部分，也幫助主人從這七人七騎的廝殺中勝出的利器。

然而，在某些狀況下，他們可能「背離」主人。

最大的可能是目的相衝。

例如主人希望消滅A事物，使役者卻想維持。兩者無法兼容，必定分道揚鑣。

再來是個性相衝。

由於英靈具有人格，英靈可能無法認同該魔術師作自己的主人。

而魔術師還可能因為某些緣故，將主權讓度他人。

若讓出的魔術師是心甘情願，過程當然順遂；但以恐嚇或拷打等手段要脅魔術師讓出使役者的情況也極有可能發生。

解法並不多。

目的相衝時，只能以令咒強迫使役者行動。

個性相衝時，必須謹慎構築彼此關係。

至於該如何防止強制讓度——也就是搶奪使役者。除細心戒備，注意自身安全外別無他法，別以為會有輕鬆的手段。

切勿製造弱點。

假如已經存在，就得全力保護。

若無力保護，就得儘快「將其」割捨。

不過假如有辦法割捨，它也不會成為弱點了。

（摘自某冊陳舊筆記）

我想，這一定是一場夢。

我——

生為玲瓏館美沙夜的我，靜靜地這麼認為。

查看，感受自己和周圍後，我有一點驚訝。

這是個輕飄飄的地方。

輕飄飄，閃亮亮。

以繽紛色彩構築的空間中，星星到處閃爍。星星。見到那抽象過頭的星形，就好像見到自己的幼小一樣。

因為，這是我的夢。

夢——

源自梅斯梅爾逐年發展至今的現代心理學，對夢有一套詳實的解釋。

其一小部分與魔術有關的說法或許太過誇大，但在遙遠的過去，魔術歷史其實也曾有一段探索精神運作方式的研究時期。

現在的我，在精神魔術的修為還稱不上高。

雖然不高，但還算可以。

像立即判別自己是否在作夢這種小事，自然沒有問題。

據說在聖杯戰爭中，魔術師（主人）和英靈（使役者）由於建立了輸送魔力的管道，可能夢見彼此的記憶。聽說這種事之後，我開始對自己的夢稍微多注意了點。

我知道自己不是聖杯戰爭的參戰者，沒必要注意夢境。

儘管如此，還是無法克制。

不禁想像假如我成了主人的情況。

總而言之。

我靜靜地檢查自己的狀況。

記憶的連續性並不正常。

只能模糊地想起睡前的事。至少，還知道聖杯戰爭正在進行當中。使役者們在後院森林的混戰——騎兵的光輝照亮夜空那晚，是幾天前的事？兩天？三天？

想不起來。

沒辦法，畢竟自己正在作夢嘛。

這是夢境。

上面的是……天空嗎？嗯，應該是吧。

我正在飄浮。是在天上飛嗎？與其說飛，這和游泳的感覺比較類似。更正確說，像沒有水阻的游泳。

這是一個能以游泳方式在天空飛，輕飄飄又閃亮亮的地方。

彷彿是孩子們最典型的夢想。

我就在這樣的空間裡——

飄著。

飛著。

老實說，感覺非常舒服。

只是舒服當中，也有一點點不適。

可能是因為自己和周圍都在飄，視野搖晃不定，在空中飄的感覺也很怪。儘管腳下不踏實的感覺壓不過飄浮的愉快，仍多少有些不安。

而這些感覺中，少了皮膚的感覺。我很快就發現自己沒有觸覺。就算捏自己一把，也不會覺得痛吧。

真是個既像天空又像大海的——天空。

抽象的星星到處閃爍。

說不定，將睡意變成一整個空間後就是這種樣子。

突然間——

「妳好啊。」

有人說話。

那是誰？我聽過這聲音。

眼前有張笑臉。

不對，只是我的意識自然地如此聯想。帶來這聲音，笑著那麼說的人，一定就在這空間的某處。

我分不清聲音來自哪裡，只是在霧靄一般——五顏六色的空間中到處游動、飛翔。用想的就能移動。

那對於尚未學會飛行魔術的我，是種很新鮮的感覺，也當然有某種程度的暢快。只是，有哪裡不太對勁。

能自由地往上下左右移動，其實還不錯。

但是「飄忽不定」還是讓我覺得有些不安。

真想能快點醒來。

這麼想的我，已經飄了很長一段距離。

無邊無際。

不管飄多遠，這空間彷彿都會一直延續下去。

假如有盡頭，會是怎樣的狀況呢？

當我這麼想——

眼前的霧靄輕輕地散開。

我的前方有某種物體。

有人飄在前面。

那個人飄得比我更自在，在這輕飄飄的空間裡優雅地飛舞、躍動。

「妳好啊。」

是個女孩子。

看起來比我大幾歲。呃……她是誰？

「好久不見了，美沙夜。」

她喚了我的名字。

彷彿理所當然。
這個女生認識我？
我認識這個女生？

她會是誰？
模糊的記憶中，有個畫面閃過眼前。那是我小時候的記憶。
像是某個公園、庭園。
我好像曾經在某個充滿綠樹花草的美麗地方，見過這麼一個——
比我大幾歲的女孩。

「我們兩個，以前見過一次面吧？」

對，好幾年前。
可是，總覺得有點奇怪。
她竟然和那時候一樣，一點也沒變。
因為在夢中？真的嗎？

她的——

「妳長大了呢，變得好可愛喔。睡衣和小兔兔拖鞋都很好看喔。」

名字應該是——

「呵呵。我啊，今天是——」

呃——

「特地來和妳作朋友的。」

好清秀的微笑。

一個那麼漂亮的人，那麼溫柔地笑著。

宛如凱爾特傳說中的妖精，故事書或童話裡的公主。

我沒多想就點了頭。

不小心「點了頭」。

注視著她似乎在發光的笑臉。

在輕飄飄，閃亮亮的非現實空間中。

我絲毫沒有不能點頭的想法。當時的我相信她。

因為——

有了朋友以後。

爸爸臉色一天比一天糟糕的事。

或許，就有對象可以談了。

不對。

不對。

致敬、致哀、意義、視野？不對，那算得了什麼？那種話，全都是欺瞞之詞。心中縱有千言萬語，我想告訴你的事實就只有那麼一個。沒錯，我——

我——鍊金術師馮・霍恩海姆，因顯現東京的聖杯之力而現界，成為「為你而存在的力量」，將你視為朋友，以及一個值得敬愛的人；但同時，也能夠如此輕易地背叛你的願望和靈魂。

殘酷的倒戈。

無情的反叛。

就是這麼單純。

我蹂躪了一個愛護女兒的父親，一個值得守護的可貴情操。將它踐踏、砸爛、粉碎得不見原形。

所以，我的朋友。
你連萬分之一的責任也沒有。
責任在於罪孽深重的——

我的惡念。
事實，就只是如此而已。

但是，倘若——
真正的光輝。
願意挺身對抗我所無法違逆的「世界」，又將會如何？

一睜開眼——
就見到父親帶著不曾有過的面容站在房裡。

現在已經不是夢境。

美沙夜在床上醒來，首先見到的就是嘴張得像野獸，唾液直流，不知在低吼些什麼的父親的臉。位在兩公尺前，令人敬愛的父親的臉。一時間，美沙夜還認不出他是誰。那明明不是別人，就是她每天見面的玲瓏館家現任當家，卻一臉陌生的表情。

是某種魔術的副作用？

不對。父親是遠東最頂尖的魔術師，不會發生這種事。

可是——

「美沙夜。」

聲音沙啞。

嘴唇乾裂。

齜牙咧嘴，氣喘如牛。

布滿血絲的眼不停四處轉動，焦點不定。

粗得難以置信的血管，在脖子與額頭陣陣鼓動。

「父親……大人？」

從脣間零落的言語，轉瞬被父親的吼叫打散。

吼叫。沒錯。

「————！」

吼叫，咆哮，狂嘯。

還以為耳膜會就此震破的叫聲，猛然震撼美沙夜的頭顱。才剛從夢裡清醒，還無法正確認知現況的意識隨之模糊。該做什麼？該說什麼？還來不及思考就應聲沖垮。

（父親大人怎麼了？）

無法理解。

這裡究竟出了什麼事，無法理解。

這裡，是自己的寢室。

父親，不知在吼些什麼。

吼叫，咆哮，狂嘯。

不能害怕，必須有所行動。

不能發抖。吼叫的父親，異常的父親。房間裡除了父親外，就只有自己一個。魔法師不知是靈體化了還是真的不在，見不到人。如果他就在附近，一定會立刻趕來，所以是不在。

因此，自己必須獨自應付……父親的「異常狀態」。

「美……沙……夜……美沙夜，美沙夜，美沙夜！」

「父親大人？不用急，美沙夜就在這裡。您認得出來嗎？」

「美沙夜……」

他聽得懂？那麼——

希望才剛浮現，就被無情打碎。

「美沙夜……」「難道……」「意識某個角落……」「被魔法師……」「不行不行……」「最壞的狀況……」「作打算……」「糟透了……」「魔法師……」「在這副身體凋零之前……」

父親脣間漏出的話——

摻雜嘶吼的那些話，只是一連串的碎片，理不出意思。

「美沙夜，妳……」

「我在聽，父親大人。我就在這裡，我是美沙夜啊！」

美沙夜以顫抖的聲音對父親疾呼。

原本歪斜地從床上坐起的她，急忙跳下床。

赤腳站在地上，想盡可能接近父親的臉說話。怎麼辦？該做什麼才好？狀況還沒釐清，資訊還不夠，根本無從判斷。就在美沙夜決定接近父親的那一刻，一句尖銳的話，輕輕地刺了過來。

「妳就快死了，美沙夜。」

「……？」

快死了？

這話刺得她不禁退縮。

不是因為內容，而是那尖銳無比，彷彿要扎進心裡的口吻嚇退了她。當東京成為聖杯戰爭的舞台，決定跟隨成為參戰者之一的父親留在玲瓏館根據地時，美沙夜就負起了某種程度的心理準備。因此，她不會對「死」這個字眼感到疑惑。即使有所恐懼，單純的一個字並無法嚇到她。

身體會抖得更厲害，完全是因為父親的語氣。

還有那雙眼睛。睜得凸出而毫無焦點的父親眼中，有種強烈得可怕的意志。

父親想表達什麼呢？

抽了口氣的美沙夜接著聽見的，是極為露骨的言語。

「妳的體內……」

伴著沉重呼吸。

「被埋下了詛咒。」

以摻血的聲音。

「致死的詛咒。」

不流利的舌尖。

「解咒的方法……並不存在。」

冰冷，但不時夾雜吼叫。

詛咒？我的身體？

美沙夜暗自問道。她不懂沒有這樣的自覺，更聽不懂父親的意思。就當原因和聖杯戰爭有關好了，是誰下的咒？

於是，玲瓏館美沙夜一字字地問。

她問：凶手是誰。

——是誰，對我下的咒？

「是我。我把妳……」

——父親大人下的？

「是我[redacted]！把詛咒，啊啊，把詛咒……」

——對我，下詛咒？

「妳就快死了吧。是我，是我[redacted]！」

——為了殺死我？

「非得到聖杯不可……」「遲早……」「遲早這個東京……」「會再召開一次聖杯戰爭……」「到，到那個時候……」「妳才有機會得救……」「不，不對！不對不對不對！」「妳沒救了……」「妳被詛咒了……」「得到聖杯之前……」「妳絕對不會得救……」「所以……」「所所所以……」「聖杯……」「————！」

又是一連串隻言片語。最後，是悽厲的嘶吼。

陷入狂亂。

咆哮，更用力咆哮。頸部、額頭上浮起的血管，彷彿是瘋狂的發顯。

美沙夜沒有發現。

那是毀約的反饋。

美沙夜沒有發現。

父親，是忍受著自身肉體由內崩潰的劇痛，對身中致命詛咒的美沙夜施放抑制魔術。他狂吼著抽出的形似尖銳匕首的「某物」，則是延長抑制效果的禮裝。

全都不知不覺。

只是茫然地看著。

父親揚起利刃的畫面。

「父親……大人，不要。」

「美沙夜。」

「不要——」

「美沙夜……！」

額上血管終於脹破，兩眼也同樣流出深紅的父親極力高喊。

吼叫，咆哮，狂嘯。

手上的利刃，就這麼往美沙夜胸口——

「原諒我，美沙夜。」

——穿破睡衣，扎進肉裡，深深地刺下去。

Best Friend ACT-6

夢——

好希望，那只是場夢。
好希望，能當它是夢。
只不過，那並不是夢。

夜晚，已經消失蹤影。
廣大的玲瓏館宅院，滿是早晨的氣息。
又是一個安寧的早晨。
柔和陽光所帶來，和平常無異的早晨。
空氣仍有些寒意。嚴冬的刺骨低溫已經和緩不少，讓人感到下個季節的腳步正在逼近。
撫過皮膚的冷氣中，隱約有一絲絲溫暖。
少女吐著白氣，到處走動。
出了寢室，穿過走廊，看看幾個客廳、幾個客房、幾個書房、父親的房間、母親的房間、寬敞的餐廳、廚房，甚至父親和祖父的魔術工坊。

整棟房子見不到一個人影。

魔法師和他的人造人，全都消失了。

房子裡，就只有少女一個人。

——說得更明白點，只有玲瓏館美沙夜一個活人。

沒錯，她還活著。

美沙夜並未喪命。

她仍記得昨晚，口口聲聲胡言亂語的父親所揮起，並刺進她小小胸口的那把匕首，想望也不可能忘得了。所以，當她一從迷濛中睜眼清醒，就立刻查看自己的胸口。

但是，「什麼異狀也沒有」。

應該深深破膛而入的利刃，與因此而生的傷口都不見了。

只有睡衣上的破洞，表示昨晚發生的事與現在的關聯性。

美沙夜就這麼穿著睡衣走了又走，幾乎小跑步地在屋裡到處巡視。最後，她從正門出來往後繞沒多久，就在中庭的位置見到了「那個」——保持吼叫的表情，血從布滿全身的粗大血管流乾，僵硬不動的——父親。

父親跪在鋪石上，沒有倒下，而是仰向天空。

父親的時間，已經停止。

父親的體溫，已然消失。

一道乾涸的血淚，從翻白的眼球劃過臉龐。

「父親大人？」

美沙夜輕聲叫喚，伸出右手。

觸摸他的臉頰。

好冷。

冷得嚇人。

即使不以魔術強化雙眼，也能輕易看出。

父親，已經死了。

這是美沙夜第二次接觸死去的親人。第一次是祖父，但他就像睡著了似的表情祥和，和父親完全不同。

一臉痛苦吶喊的神情。

一身至極絕望的姿勢。

和祖父都不一樣。

死亡，不是應該更——

沒錯。或許美沙夜到這一刻之前都還下意識地以為，那將使生物全身充滿莊嚴肅穆的氣息，甚至令人在如此寒天中感到溫暖的圍繞。即使在修習降靈術、黑魔術時，見過了眾多生物的死亡，但那從來無法撼動她面對祖父遺體時的感覺。

但是，在這瞬間。

注視、接觸父親的屍骸。

美沙夜才真正認識到什麼是痛苦的死亡，絕望的死亡。

他滿映恐懼而靜止的眼球是多麼混濁。

——儘管如此，玲瓏館美沙夜一滴眼淚也沒流。

她一定還有其他選擇。

哭得像個無助的孩子，叫得像個悲傷的少女；接收父親的痛苦、絕望與恐懼，啜泣嗚咽地求救——在這時候，她還有這最後的選擇。

然而，美沙夜沒有哭。

不對。

不對。

是流不了淚。

她不知道，心裡究竟傷不傷悲。

甚至不知情緒有無波動。

那是君臨古代世界之王都認同的王者資質所致？

抑或是生為統治者而非忍受者的緣故？

美沙夜對於如此宣告她失去幸福人生的現實，精神沒有半點動搖。說不定，這一刻才是她真正欠缺的最後一片拼圖。一身統治者才氣，足以十二分地支配凡人與弱者的幼小女王，在這時仍能保持令人戰慄的「冷靜」。

她不抖、不哭也不叫，只是注視著現實。

看著那彷彿將某種低級興趣具體化，成為一座雕像的父親，和他臉上的血淚乾痕，美沙夜默默地明白一件事。

昨晚的事「不是一場夢」。

滿額是血，兩眼也溢出同樣顏色，不停吼叫的父親。

那是現實，不是夢。

這也表示，自己的身體——

「真是太可惜了。

他不僅無法成就大願，就連達成個人的小小願望也沒機會了。」

是認識的聲音。

鎮靜得可怕的語氣，反而顯得「怪異」。

美沙夜慢慢回過頭。

見到的，是高瘦的魔法師。

彷彿抹上露水的烏亮長髮。

與父親天差地遠，過分平淡的表情。

為什麼？

首先湧現的不是訝異，而是疑問。

無論實際上發生了什麼事，父親的血總歸是已經乾涸。主人都死了這麼長的時間，他為什麼還能維持形體？

一旦主人提供的魔力斷絕，使役者就無法保持現界狀態。

父親死了。

他卻活著。

換言之，若不是擁有某種相關特殊技能，就一定是得到了其他魔力來源。而除了攝食人類靈魂之外的手段，沒錯，就是認其他人作新主人，重定契約。

「難道你……」

背叛了——

我的父親？

「對，妳猜得沒錯，我現在換了新主人。結果就是令尊喪命，而可憐的妳，身上留下了致死的詛咒。」

「你騙人。」

自然地。

美沙夜吐出聲音。

「我沒有騙妳。」

「馮・霍恩海姆，你不是……」

父親的朋友嗎？

那時，你明明是那麼說。

美沙夜只能可悲地茫然注視魔法師。

此刻心情，無法言喻。

高瘦的黑髮男子，貼近不帶任何表情的端整臉龐向她接近，窺視似的將脣湊到她的耳邊——

「聽好了，小千金，年輕的魔術師，仍然拙稚的女王啊……」

這麼說道。

就像是冰。

那聲音極為透明、寒冷。

所以，美沙夜聯想到冰。

冰魔。不具表情或感情的詭異物體。

冷得無法以火焚燒。現代世上，不會有哪個人的魔術能將這精通任何元素變換魔素的四大——不，五大尊者帕拉塞爾蘇斯燒成灰燼吧。

美沙夜心裡並不混亂，只是默默地聽他說話。

脣也沒抖。

淚也沒流。

對這樣的美沙夜，他張開了脣。

在死狀有如雕像的美沙夜之父的混濁眼球注視下，馮・霍恩海姆・帕拉塞爾蘇斯，指正愛徒的小缺失般繼續說話。

如清晨氣息那樣平和。

如親暱好友那般私密。

「自古以來就是如此。」

他輕輕地——

「到現代也是一樣。」

觸摸美沙夜的臉頰——

「——魔術師，不會有『真正的朋友』。」

以沙啞的聲音，淡淡耳語——

很久以前，有一個善良的魔術師。

他非常疼愛自己的女兒。

應該是很愛吧。

可是他不只是個父親，更是個魔術師。

所以，他無法違背體內血液要他成就大願的使命。

所以，他對女兒下了一個詛咒。

要她繼承儀式成就大願，否則就會腐朽而死的詛咒。

同時，還有一個很邪惡很邪惡的魔術師。

他的心裡，原本也充滿了愛。

也是個好人。
可是他不只是個人，更是個魔術師。
所以，他背叛他的主人，那個善良的魔術師，服侍了其他人。
所以，他不見了。
臨走之前，對魔術師的女兒說：魔術師不會有真正的朋友。

女兒，就這麼變成孤兒。
還被下了致命的詛咒。
誰也沒辦法幫她。
因為她也是魔術師。

總有一天，會出現打倒一切可怕事物的王子。
並且，對她展露微笑——

這樣的人，一定就在世上某個角落。
女兒見過這樣的人。

他和故事書一模一樣，簡直就是從童話裡走出來的騎士，既優雅又親切。
他一定就在這世上的某個角落，拯救某個人、某個公主。

可是。
可是。

至少這樣的王子——
沒有「來到我身邊」。

（摘自某冊陳舊「手冊」）

「目前戰況，可說是對吾主相當有利。
出現在東京灣那雄偉的複合神殿已經消失無蹤，勝利是我們的了。這雖然全是吾主領導有方，但若沒有你的聖劍，也打不了這麼漂亮的勝仗。畢竟那座神殿——固有結界，就是那麼強大。」

平靜地。

輕鬆地。

長髮男子（魔法師）對躺在床上的青年如此說道。

即使魔法師的聲音動聽得足以和報早的鳥兒合鳴，青年也不看他一眼。睡醒至今，青年那碧藍的視線就只是對著窗外，不看男子的臉。

東京都杉並區，沙条公館——

主人作為據點的這宅邸一室中，魔法師無視青年的冷淡態度，繼續說他的話。

彷彿在告訴青年，他怎麼反應都無所謂。

只有自己所說的話才有意義。

「你（劍兵）的聖劍所帶來的萬丈光芒、燦爛星輝，能感到其中蘊含莫大的魔力；但我也就見過那麼一次，看不出什麼所以然來。我想問你，那是否就是真乙太的威光，或者——」

「……我是不會讓你看第二次的，魔法師。」

「我想也是。」

聽了青年的話，男子點點頭。

魔法師與青年的唯一主人沙条愛歌，在聖杯戰爭這史上首度的魔術儀式中，只有一個目的。那就是——成就這名青年的悲願。

構造上，聖杯戰爭只能有一組魔術師（主人）和英靈（使役者）勝出。

那麼，即使他們現在像這樣侍奉同一位主人，也將有一騎無緣迎接最後那一刻而喪命。不是主人使用令咒要求自戮，就是主人親手毀滅靈核，或是遭另一名使役者刺客所殺。

「愛歌大人不太可能會為了殺我，就要你再揮聖劍。」

因此，若想再次見識聖劍解放的模樣，就必須另謀他法。

太遺憾了。

魔法師雖嘆息著這麼說，但他並沒有表示放棄之意。

「這件事，以後有機會再說吧，現在該注重的是你本身。愛歌大人命令我，把你昨晚長時間戰鬥所受的傷完全治好。」

「我已經都好了。」

「看來是這樣沒錯，不愧是愛歌大人。」

話還沒說完，魔法師已啟動魔術視覺。

真令人讚歎。主人所用的治療魔術已將這青年在複合神殿的決死之戰中深受損傷的暫時肉體成功地完全治癒。當時的他正面遭受彷彿重現太古神威的「大電球」驚天雷擊，而造成深至靈核的重傷，如今竟已了無痕跡。

「太神奇了。」

魔法師以纖長的手指，撫觸青年的肩膀。

見青年不予反應，他摸得更加直接，並說：

「愛歌大人親征的奧多摩那一族損傷慘重，至少在這場聖杯戰爭中是不可能東風再起了。這部分，刺客可說是功勞匪淺。」

「是啊。」

「這是值得你高興的事啊，劍兵，剩下的敵對使役者就只有那麼一騎了。愛歌大人已開始『準備』地下大聖杯，只需要拿為廝殺而在現代現界的我們英靈，以及大量遠東人民的性命獻祭就行了。你的願望，可說是近在眼前。」

「……是啊。」

魔法師對青年問道。

高潔的英靈啊。

蒼銀的騎士啊。

揮舞傳說聖劍的不列顛之王，亞瑟·潘德拉岡啊。

你心中在這一刻也仍持續接近的願望，是什麼呢？

「不必隱瞞，愛歌大人已經向我提過了。我現在只是想聽你親口說出，平生仁民愛物，卻受我奸惡反逆之惠，即將把無數生命獻作祭品的你，抱的是什麼願望而已。」

答覆，沒有立刻來到。

片刻之間，只聽得見房間窗外的鳥囀。

一秒。

兩秒。

三秒後，青年回答了。

——拯救故國。

「我明白了。」

魔法師點點頭。

臉上漫著「從這一答懂了很多」的輕鬆表情。

他平靜地注視這揮舞光明聖劍的騎士，以使役者位階第一階劍兵之姿現界的青年，微笑著說：

「你……」

身在此處的你——

並不能除盡世上一切邪惡。
反擊世上所有邪慾。
開拓世上每個人的明天。
即使穿梭悠久時光來到現代，你也仍是個亡國之王。
因此——

「我終於明白了。我一直覺得很奇怪，為什麼大逆不道的我，在你這高潔的騎士面前，腦袋還能擺在身體上。從奧茲曼迪亞斯的暴虐中拯救極東之城，甚至替敵對主人之女擋下狂戰士凶刃的你，為什麼……」
男子的臉蒙著陰影。
是因為，照入窗口的晨光角度逐漸變換的緣故？
在終於看向男子的青年眼中，那陰影彷彿血淚之痕。
「為什麼不殺了我，用那把聖劍討伐根源女王（Potnia Theron）呢？」

——亡國的騎士啊。

──那一定是因為，你並不是「正義的一方」吧。

這麼說之後。

魔法師帕拉塞爾蘇斯，再度微微地淺笑。

關於使役者的願望。

因聖杯之力而現界的英靈們，大部分都心懷宿願。曾有人以此逆推，認為只有壯志未酬而死於非命的英靈，才會參加聖杯戰爭這進行於東京的大規模魔術儀式。

可想而知，魔術師主人的願望絕大多數都是大願。

即為抵達根源。

那也是我們所有魔術師之悲願、大願。

但相反地，並不是每一個魔術師都願意祈求聖杯成就大願。

據說聖堂教會所召來的聖杯，是個萬能的願望機。此一說法受聖堂樞機主教，整座聖堂，以其信奉的唯一真主之名所保證。

面對願望機而將私願先於大願的主人，一定有可能出現。

因此，每個主人都必須及早摸清使役者的願望。

如前所述，假如主人與使役者的願望彼此牴觸，必然招致悲慘的結果，務必謹記。

大多數受召而現界的使役者，部分特質、氣性會與主人神似，但並非絕對。

表面上氣性相似，心願卻相反——

這樣的使役者才最該當心。

倘若過目這本筆記之人，是我族血脈的後人。

願你與使役者並肩作戰，屢戰屢勝，殺盡敵手，實現己願。

就連使役者的願望，也要有效利用。

（摘自某冊陳舊筆記）

玲瓏館（我）美沙夜很快就了解了自己身上的致死詛咒。

即使沒有自覺症狀，我的生命也確實被埋下了劇毒的種子。這個與我魔術刻印緊密交纏的詛咒，總量還不只能殺死一個人。若只是想殺我，應該不需要下這麼強的詛咒。

我想，我多半會死得很痛苦。

只要我得不到聖杯——

父親揮起的那把，刺進我胸口的刀。

究竟是什麼呢？

那應該確實刺穿了我的胸口，但醒來時毫髮無傷。

那把刀——

它是何形狀，我已經記不清了。

只想得起父親的話，父親的面目，父親的視線。全都是那些。

關於那把刀，到頭來查到的並不多。我當然也試過以魔術手段探查，但不管怎麼試，就是無法明確重組碎得七零八落的記憶。

合理推測，那恐怕是完成致命詛咒最後一步所需的禮裝，但是——

我到現在都找不到任何證據。

在那之後，聖杯戰爭很快就結束了。

和玲瓏館家一樣，在東京土地扎根的魔術師家系沙条家，據說長女不負其魔術師階級第一級熾天使之名，以各種精彩手段將剩餘的使役者和主人一一擊破。

儘管如此，聖杯也沒有落入沙条家手中。

當勝利就在眼前時，沙条家長女因某個緣故突然喪命，沙条家當家也在那時候死了。

「很遺憾，看來是使役者背叛了他們。」

聖堂教會從聖堂騎士團派出的「監察者」——一位感覺像爬蟲類的高瘦神父前來宣告聖杯戰爭結束時，是這麼告訴成為玲瓏館家代理當家的我。

啊啊，「果然」是那麼回事。

我這麼想。

因為我還算接受這個結果。

後來——

母親從別墅回來，辦完父親的葬禮後，我將父親死去的過程、聖杯戰爭的結局，以及父親對我下的致命詛咒都告訴了她。

母親聲淚俱下地抱緊我，我卻一滴淚也沒流。

因為，我知道自己該做什麼。

剛上國中的那年冬天，母親臥病不起，很快就去世了。

就這樣，我成了孤單一人。

仔細想想，從那個早晨之後，我就一直孤單到現在了吧。

玲瓏館美沙夜總是孤伶伶。

沒有家人。

也沒有朋友。

可是，我認為那是種幸福。

對這樣的我來說，那是一種「新發現」。

孤單一人就了無牽掛，不管做什麼都有利。

對，不管做什麼。

鍛鍊魔術技術，在所需場合舞弄玲瓏館當家的權勢，感覺都比受父母呵護的年幼時期更加「得心應手」——

無論身為魔術師。

還是支配者。

我玲瓏館美沙夜將這八年歲月的每分每秒，都充分活用於自我成長。

假如成功統馭古代世界的「那個男人」見到了這一切，一定會大笑著說：「這就是王者風範。」

對我來說，那是非常簡單的事。

只要獨自過活就行了。

不必拘束，也不必多想，作一個感到應該保持孤單的自己——

——只要作一個「女王」就行了。

我可以很自然地扮演君臨世俗社會與魔術世界雙方的玲瓏館美沙夜。即使玲瓏館家的名號與權力的確給了我不小幫助，但就算沒有那些幫助，我還是能演好我的角色。

我成了支配者。

以自己的能力與選擇，以及行動的結果。

我，支配群眾。

我，庇護群眾。

如從前幼小的我般軟弱、庸俗、無辜的群眾。

我就施捨幸福吧。

為了那些脆弱不堪的群眾。

在這名為東京的土地布展我的支配網之餘，我悄悄地明白一件事。
現有的自我，是我改變世界的武器。
那就是真實，那就是一切。

我不會再犯年幼無知時犯下的錯誤。
雖然我付出了相當巨大的代價，但沒錯，我也學到了教訓，並耐心等待。同時，我也僅盯著自己將有的成就，掌控我放眼所見的世界。

如今，父親死後八年。
西元一九九九年。
我的「後頸」，浮現了六翼令咒——

那一刻終於到了。
要解除致命詛咒，這是我最初且最後的機會。
完成大願前往根源，最初且最後的機會。

聖杯再臨。

英靈現界。

瀰漫令人作嘔的嗆鼻血腥味的殺戮生活。

能驅使所有自身氣性與能力的酷烈終末。

令咒顯現於這副肉體的那一刻——

終於到來了。

在詛咒將我肉體與生命破壞殆盡之前。

——一如父親死前所言。

西元一九九九年，二月某日。

東京，玲瓏館邸。

清晨冷冽中，使槍的（槍兵）男子正確地捕捉主人的位置。

她就在寬得不知所以的中庭正中央。

一名女子正在那兒餵食改造成近似某種魔獸的獵犬。就是她，那就是男子的主人。

絢爛華麗的女人。

年紀輕輕即精熟眾多魔術的女人。

堪稱絕世天才的支配者。

事實上，將她視為東京這極東之都的女王也無所謂。每天都有擔綱國政的老人們請示這女子的意願，說她是這國家真正的統治者也不為過。

一身與年齡相符的冰肌玉骨，怎麼看都是個荳蔻少女；但那不凡氣質，即使閉上雙眼也絲毫不減的威嚴，完全是王者之物。

他見過這種女人。

在男子「生前」，這種女人也極為稀有。那是稱作女傑都嫌失禮，將世界趨勢玩弄在那纖細指掌之間的真正女王，對其餘自稱王者之徒不屑一顧的支配者們。且不僅是見過——男子波瀾壯闊的人生也與那些女人深有關連。決定男子死期的……沒錯，就是她們其中之一。

（這就是所謂的緣分啊。）

男子默默懷想。

昨天在主邸其中一間書房，為打發時間而讀的哲理書中的字句一一浮現。

同時，他望著主人。

這名黑髮女子：玲瓏館美沙夜，眉頭也不皺一下地滿手抓起替魔犬準備的生肉、內臟，餵給牠們。會同時感到詭異、某種性感或冷豔，是因為她個人特質使然嗎？

還是因為這奇異的現況呢？

男子在主人一小段距離外找個地台坐下，叼菸點火。現代的嗜好品，有意思，味道也真不壞。尤其是這種興致一來就能點一根的紙卷，實在是好東西。

吐一口青煙——

男子視線轉向中庭噴泉，稍加思索。

聖杯戰爭已經開始。

爭奪萬能願望機——聖杯的七名主人都出現之後，都過了七天。

身為使役者位階第四階槍之英靈（槍兵）的男子，在美沙夜命令下與三騎英靈交戰至今，不再有任何動作。

因為沒有命令。

現在，美沙夜並不打算襲擊其他主人。

因此這男子才會閒到解除靈體化，跑到書房看書。儘管再怎麼樣也不會遠離主人，美沙夜仍准許他在整座宅院中任意走動，只有寢室除外。也就是說，絕不准未經允許擅闖寢室。

（……我這主人到底在打什麼算盤呢？）

男子並無不滿。

只是有些許的不信任。

他刻意將「這樣」的情緒注入視線，注視美沙夜。

隨後——

很快就有了反應。

不愧是遠東的女王，連這一點點情緒也感覺得到啊。

「你對我的方針不太滿意吧？」

美沙夜說道。

口吻悠然，繚繞超齡的性感。

「你想問我為什麼不讓你用原來的武器打吧？到現在都不解除寶具封印，是不是怕你背叛，對吧？」

「啊？」

男子被意想不到的答覆嚇了一跳。

在明白自己想法的男子聽來，她完全說錯了。

他實在不認為，這女人會分不清不滿和不信任的差異。所以，對了，那是她的反擊吧。

男子心想，因為自己用那樣的眼神看她，她才會故意說那樣的話。

「不是，我哪會那樣啊。只是少了Gáe Bolg，感覺不太對而已。當然，不用它也有不用它的打法。」

男子聳聳肩繼續說：

「身為主人，妳這是正確的判斷。

想靜觀到其他主人全部揭曉，我是沒話說，可是——」

男子稍微含糊其詞。

他現界的那一刻，美沙夜就將自己的「問題」告訴了他。

也就是她的大限之時。

這名叫玲瓏館美沙夜的女人和其他主人不同，沒有時間。那是只有贏得聖杯才能解除的致命詛咒，無論她再怎麼有才能，也沒本錢故作高雅，矯情賣弄。

若有必要，更應該與其他主人（桑奎德）聯手，積極進取。

因此，使槍的男子才會開口。

說「可是」。

「沒關係。」

美沙夜微微一笑——

「我的性命和我的信念是兩回事，放在一起衡量就太不識相了。」

至少，在還能悠哉的時候仍是如此。

說完，女主人刻意轉向男子。

她白皙手指所抓的鮮紅內臟晃了一晃，一旁的魔犬投來渴望的視線，但她視若無睹。男子正面承受美沙夜的視線，無奈地垂下肩。

（又和一個強勢的女人對上了呢。）

不過，感覺並不壞。

只要平平安安、順順利利地贏下去，事情就結束了。

話說回來，這女人還真是似曾相識。從美貌這方面來說，說不定跟「那個人」很接近，但這燙手的個性，還是讓男子聯想到他從前的師父（斯卡哈）。

傲骨嶙嶙，不向任何人低頭。

活脫脫是天生的支配者。

才華洋溢，沒人比她更清楚凡人與自己的差距。

且不僅能看清自己，甚至是他人的素直與氣性——

「你知道被召喚為使役者的英雄，其實有共通點嗎？」

突然間，美沙夜這樣問。

男子拉回沒入陳年記憶的意識，反問道：

「啊？什麼共通點？」

「雖然不是每個使役者都這樣，但據說回應聖杯呼喚的英靈，幾乎是生前死於非命的人喔。」

女主人「嘻嘻」一聲，愉快地吊起嘴角。

男子大可將這番話當作嘲笑他生前威猛過人，以英雄之稱揚名天下，最後卻淪為被人類慾望所束縛的英靈，然而事實又是如何呢？

真受不了。

男子嘆口氣回答：

「你是說不管怎樣的傢伙，都會有所遺憾？

真是無聊。很可惜，這個話題跟我沒關係。」

「看來是這樣。我還滿喜歡那些想對聖杯許願的可悲使役者。很可惜，你和我的興趣完全對不上呢。」

「那妳就睜大眼睛選嘛。」

如果想要個怨氣深的奴隸，其他有得是吧。

如此回話後，男子聳著肩站起，與女主人的抬槓就此結束。既然現在的工作和看門狗沒兩樣，好歹得保持隨時能消滅入侵者的警戒狀態吧。

這時，

當男子站起，就要靈體化的那一剎那——

「我想要個死在女人手上的英靈。」

一句話囁囁地響起。

表面上是回答男子。

但感覺上，玲瓏館美沙夜是說給自己聽。

這是真心話。

沒錯，男子——槍兵如此斷定。

而他自有他的理由。美沙夜的聲音、言語，都確實含帶她的感情。這名年僅十來歲就坐掌遠東生殺大權，極盡魔術之修鍊鑽研而光耀長才的女人，無疑地，「對使役者」有某種強烈的情感。

目標不是使槍男子個人。

是對英雄。

英靈。

使役者。

這多半是無意間顯露的情感。而它的色彩，沒錯——

（是復仇，還是報復？）

男子想起某個曾經存在，不時受人讚為「女神」的女子。

的確。這名絢爛少女氣質神似「影之國」君主斯卡哈，表情動作卻不一樣，像極了「那個人」——被稱為王權、邪惡與瘋狂之神的康諾特的女王梅薇（Maeve）。任盛燃的復仇之心恣意蹂躪大地，逼死這男子（庫丘林）的女人。

現界以來，男子還是首度如此肯定。

因為不只外觀，就連內在都令人感到她是斯卡哈的翻版。

但同一時刻。

槍兵庫丘林，也在玲瓏館美沙夜臉上清楚見到梅薇的側臉。

少女轉過頭來，看著男子沉默不語地注視著她。那雙半垂的媚眼，完全——

緩緩張開的唇瓣。

織出聲音、言語的舌尖。

都完全——

「因為啊，這麼一來，他就會曉得女人的恐怖了吧？」

呢喃之語。

帶著妖豔的微笑。

性感、冰冷、平靜，隱約有種歡愉。

每一項都完全和梅薇女王如出一轍，同時兼具斯卡哈和梅薇的特質啊……

（……這傢伙又來了。）

這次換男子無意地暴露自身想法。

他打從心底無奈地垂下肩膀。

「你這女人還真了不起。」

由衷地如此讚賞。

沒有半分虛假。

「如果你想挖苦我，這還滿——」

「不，我可不是在開玩笑喔。我敢用我的槍保證，妳真的是個了不起的女人。不過呢，我要給妳一個忠告。年紀輕輕就這麼厲害，小心交不到朋友喔——」

「那有什麼關係。」

「啊？」

「我無所謂，你不懂嗎？」

我是不懂。

對這誠實已告的男子，女主人是這麼回答。

輕輕地。

冷冷地。

伴著無可動搖的決心與「實感」。

「——我不需要什麼朋友。」

（第二部〈Best Friend〉完）

Special ACT: Magicians

西元一九九〇年，十二月某日。

東京，玲瓏館主邸——

又是一個安寧的早晨。

空氣與平時沒有任何不同。

吐的氣是白色的。

在表示正值嚴冬的寒冷空氣中，雖感覺不到下個季節的腳步，但仍比去年暴雪的冬天暖了幾分。相信再過兩個星期，就能見到幾樣春天的兆候。

走在這座經常有人將姓氏誤認為宅名的西式豪宅中，少女——

玲瓏館美沙夜，忽而仰望夜空。

嚴冬的天空。

白色的天空。

現在時刻，剛過上午六點。

即使明知自己起床時間比一般小學生都要早，美沙夜也沒有怨言。若問與眼前一整片的白一樣純淨透亮的明晰意識一角，是否為這景象有何想法，那麼頂多就是對無緣目睹美麗冬季晨空的同學們感到一絲絲可憐吧。

「……強化，物質，存在……」

唇間流出隻字片語。

美沙夜以此簡單複習昨晚向父親學習的「魔術」。

短短幾分鐘就結束了。

強化魔術。強化物質結構，堪稱所有魔術的基礎。美沙夜曾受過一系列的相關訓練，且業已達到修習其他魔術所必須的範疇，但父親昨晚又將它提起。

原因不明。

（……父親大人。）

這讓她有種奇妙的預感

從十二月開始，父親對他歸類於基礎的魔術，重提次數明顯增加。園丁們整理這座後院那天的夜裡，父親說明鍊金術的出發點，也就是「如何將物質變幻成黃金，以及創造、精鍊的方法」時，嚇了美沙夜一跳。

絕不能忘卻基礎。

父親是想表達這點。

為什麼？

（母親大人……一定什麼也不知道。）

母親只是屬於魔術世界的人，並非魔術中人。

具體而言就是，她是與玲瓏館本家有點距離的旁系子女。雖不受魔術迴路眷顧，但血脈有所價值，便在祖父屬意下嫁與父親為妻——生下美沙夜。

若沒有母親，擁有極優秀魔術迴路的自己便不會生在這世上。美沙夜能夠斷定，母親的存在絕非沒有價值，那對母親所屬的玲瓏館家旁枝也意義重大。

可是，儘管如此。

母親仍不是魔術師。

不是探求極致真理，超越人常，行於神祕之道的人。

對美沙夜而言，母親雖是給予父親和她溫暖，與她相伴的寶貴家人，但在魔術方面，就連助手或協同研究者也算不上。

所以，她一定「什麼也不知道」。

事實上，父親也鮮少在母親面前展現魔術師的一面。

美沙夜所能見到「父親與母親相處」的場面，頂多就只是早晚餐桌上。無論他們是否會單獨在其他房間或寢室交談，情況一定和餐廳不會有太大差異。

父親靜謐地深思。

母親慈祥地微笑。

他們倆的氣氛，肯定像平常一樣恬淡。

「……」

深深地，吐口氣。

白蒼蒼的霧氣吹出脣間，在面前飛舞。

這團白色也是物質，只是單純的水分。

（……如果要強化這個……）

原理上並非不可能，那麼該強化這些白氣的什麼性質呢？

能用一句無聊就放棄這個念頭嗎？不，這一點也不無聊。美沙夜默默地想，只要有心，自己一定能想出冬天呼出的白氣該如何強化。

是濃度，是範圍，還是它會立刻消失的脆弱呢？

她的思緒——

被中途打斷。

「汪。」

聲音。黑色身影，黑色眼瞳。

幾頭猛獸出現在她面前。

沒有直接撲上來不是因為她運氣好，而是平常訓練有素的緣故。

幾頭獵犬離開林木茂密，有如黑森林的玲瓏館邸後院，來到美沙夜眼前。身形修長，充滿某種優美機能感的牠們和園丁一樣，是這座黑森林的守護者，受父親之命看顧這片廣大森林的哨犬。

「你們早安。」

美沙夜對牠們說話。

到這時候，哨犬才得到「准許」稍微搖尾示好的信號。

接近，行動，任何一切都受到主人，即玲瓏館家成員的掌控。

「好乖喔。」

「汪。」

甚至吠叫。

若非緊急狀況，牠們只能在見到主人時主動出聲。自從母親因意外撞見牠們而嚇得跌跤後，牠們學會先吠一聲再靠近。正確來說，是被如此訓練、規定。

「謝謝你們每天都幫我們看家。」

美沙夜伸出手。

伸向這座森林的勇敢守護者。

「汪。」

「不客氣。」

以指尖觸摸。

輕輕撫過其中一頭的頭部。

除伸手外，身體姿勢沒有任何改變。沒有多踏一步，牠們也沒前進。

——玲瓏館美沙夜，絕不會錯踏雙方應有的「界線」。

就某方面而言，那與現為小學生的美沙夜所學的處世之道相當類似。不讓他人過於接近，自己也不過於接近他人，保持能確實掌握種種主導權的距離。

若要凸顯獵犬們與自己的能力差距。

還是這個距離最為恰當。

即使牠們反目露牙，也能以魔術及時應對。

對於一般的獵犬，離這麼近也無所謂，不需要過度警戒。假如牠們是「非尋常」的獵犬，至少得在園丁或父親陪同下才能伸手。

做該做的事。

掌握應有的距離，加以維持。

凡事皆然。

無論對學校、獵犬、傭人或魔術都一樣。

若要舉個例外，那也是極少數。沒錯——就是身同師長的父親，敬愛的母親。

要是祖父仍在世，就得多加一個人了。

Fate/Prototype
蒼銀的碎片

〈Magicians〉

約一小時後，上午七點。

早晨的景象——

和平時一樣，毫無改變。

與家人共進早餐。

正確說來，周圍還有許多穿著侍女服的年輕女性。雖然以廣義來說，她們也的確是玲瓏館家的人；不過寬敞餐廳中，坐在鋪上白色桌巾的餐桌邊用餐的人就只有三個。

父親位於長桌遠端。

母親位於中央部位。

美沙夜位於父親另一端。

早餐時間一如以往。

感受著探入窗口的含蓄陽光所帶來的溫暖。

除了鳥兒們的報早之歌，以及摻雜其間的刀叉碰盤聲，沒有其他聲響。

「不可以碰出聲音喔。」

偶爾能聽見母親委婉告誡的聲音。

傳出別緻的唇間，堪稱優美的嗓音，以及她那與嫁入玲瓏館家當時無異，彷彿沒有流失一點青春的美貌，使她成為傭人們憧憬的對象。

「是，母親大人。」

自己回答的聲音。

全家人會在這時候發出的聲音，大概就是這幾樣。

這就是這麼一段對話甚少，卻能感到平靜與溫暖的時光。沒錯，溫暖。美沙夜很明白，那絕不全是朝陽的緣故。

是來自母親和自己的聲音？

不，不對。

是這早晨時光本身——

「那麼，老爺……」

用餐結束時，一直保持沉默的管家開了口。

年歲已高，只比祖父過世時年輕一點的管家，絕不會在這種時候主動說話，所以那渾厚的聲音，當然也是在父親的示意下所發。

管家說的，是父親今天的行程。

「今天中午，您和金子議員有一場餐敘，接下來下午兩點是與P集團本田會長的會談。兩位都是專程來訪，不過下午六點開始的懇親會則需要勞駕您親自出席。」

「這樣啊。」

這樣的對話也司空見慣。

又是一樣。這也是安寧早晨的一部分，玲瓏館家的日常晨景。

但話說回來，父親今天似乎比較忙。

一下和政商界要員見面，一下去見他們——儘管如此，父親必定會要求管家調整行程，空出夜晚的「某段時間」。

由於是例行事項，或許比較接近確認吧。

「遵命。」

管家恭敬地深深鞠躬，結束報告行程的時間。

母親和美沙夜幾乎不會插嘴。

只有那麼一次，美沙夜問：「父親大人為什麼要親自去見他們呢？」她曉得客人為什麼要來見父親，而那不是就夠了嗎？為何還要浪費時間呢？

但如今，她絕不會再有相同疑問

只是靜靜聆聽管家口中的行程。

因為玲瓏館的當家，「並不只是魔術師」。

所以——

當家的工作並不僅止於學考、探究魔術。

即使外出對一名魔術門徒而言相當浪費時間，那也是執掌玲瓏館家的父親必須善加兼顧的事。

幼小的美沙夜也已經甚為明白、認同了這點。

我族的角色。

也就是玲瓏館家的角色，與一般魔術師家系、家門並不相同。

真要說起來，或許接近於土地、地方管理者（Second owner），但我也未能掌握遠東所有魔術師家系，尤其是祕密的血脈，更是無從得知。

那麼玲瓏館家有何特殊？

我想，應該是影響力的部分。

在不知魔術這神祕的無辜百姓所構築，稱作社會的網絡中的影響力。

歷史悠久，從西方世界醞釀魔術，在這極東之土落定的玲瓏館家，隨著代代不停累積知識、鑽研技術、探求真理，日漸提昇至頗具社會影響力的地位。

或者說，沉淪到這樣的地步——我不明白，是否能這樣形容。

該將削減與魔術為伍的時間，加深對社會、世俗的關聯，視為對家系的負面影響，還是該將成為社會有力人士在各種場合都能事半功倍，當作一種助益呢？

也許兩者皆是吧。

對。即使自知膚淺稚嫩，我也嘗試交出自己的答案。

每天都很忙碌的父親，削減他魔術師的時間致力於安定社會，同時維持玲瓏館家的社會影響力。由於這是不爭的事實，招來部分魔術師非議也是無可厚非。

不過我有我的看法。

魔術師，的確是一群為追求真理而存在的智者。

或許，我們是該與連何謂神祕都無法想像的人類社會保持距離，非議我玲瓏館家的人也言之有理。

但我是這麼想的。

——既然我們有這樣的「能力」。

在研究魔術的同時伸出援手，保衛弱小的凡人所建立的社會，又有何不可呢？

做能力所及的事。

就只是這樣而已。

所以我，仍然幼小的我，想在此立誓。

假如我擁有不遜於祖父大人或父親大人等歷任玲瓏館當家的能力，我必將承繼他們的功業。

若能力不足，我將仿效其他魔術師，只專注於魔術。

可是，又假如——

我擁有在那之上的能力，就要超越歷代當家的成就。

將我的手，伸向能力所及的每個角落。

——伸向睿智與真理，伸向社會與人群。

（摘自某冊陳舊手冊）

在這個無異平時，一如以往的夜晚。

氣氛融洽地——

一對父女，在家中一室對話。

這是種溫馨的景象。

也是種安詳的畫面。

不過，美沙夜淡淡地想，發生於玲瓏館家一室的這一幕，應與一九九一年的普通家庭有著決定性的差異，不會出現在同學們家裡。攤在桌上的魔術書、魔術所需觸媒、在地板上發著微光的魔法陣也是如此。寵物也不是一般的室內犬，而是即使自己變質在即，也乖乖等待時刻到來的獵犬。

真是個安寧的夜晚。

代代承繼家系的魔術師父女——

將在這靜夜共享一段親近魔術，依偎神祕的時光。

父親雖身兼遠東頂尖魔術師及社會有力人士兩種身分，要務繁忙，但他必定會像現在這樣，至少每兩晚一次，為美沙夜執起教鞭。

與小學教師不同。

是她真正的導師。

那是父親在她心目中，人父外的另一面。

說到學習，同學曾對她沒有上任何才藝班感到很驚訝。但其實不是沒有學，只是不能說出實情。她真正想學的就只有一項，其他——諸如鋼琴、插花等早已練就一定水準的東西，她根本不想視為才藝。那些只不過是「消遣」罷了。

就算比賽得了獎，也沒什麼意義。

不過是小小的遊戲。

名叫玲瓏館美沙夜的魔術師之女，今晚也要親近魔術，依偎神祕。

如同玲瓏館家每個人過去所為。

至今都是如此。

往後也是如此——

「——」

設立魔法陣、配置觸媒、吟詠幾段咒語。

在早晨時間，以指尖輕點、撫觸獵犬頭部，使其快速變質、變貌為「魔犬」之餘，美沙夜今晚也感到神祕就在身邊。

倘若意識稍有渙散，用以更改現實，影響獵犬肉體的魔力就會失控，在魔法陣中央注視著她的獵犬就會立刻在他眼前噴血、骨折、皮開肉綻而死，否則就是遭魔力扭曲肉體，成為在莫大痛苦之中哀求主人賜牠一死的肉塊。

但這兩種情況都不會發生。

美沙夜將正確地操控魔力，完成神祕。

將不可能導為現實。

將乖順的獵犬，轉變為強韌凶暴，同時一樣乖順的魔犬。

給牠甚至能抵擋槍彈的軀體，撕裂鋼鐵的利爪，超越萬獸的敏捷，在牠體內灌注野生動物所無法容納的魔力。

就手感來說，沒錯，與基礎中的基礎魔術沒有多大差異。

至少，以美沙夜的才能而言是如此。

「妳真是個天才啊，美沙夜。」

一旁傳來父親的聲音。

搖頭回答「過獎了」，是魔術完全結束後的事。

美沙夜認為，憑自己現階段的能力，應該還能再縮短兩秒。多耗了兩秒，大概是太刻意想集中精神的緣故，有點可惜。

接著，她也將這想法如實告訴父親。

而父親是這麼回答她：

「妳果然是個天才。天資不僅高過我，說不定還高過妳祖父呢。」

「您過獎了，父親大人。我還差得遠呢，像剛才——」

「當我有妳這樣的想法，還有勇氣說出來，已經是十五歲的事了。」

話裡帶著滿滿的驕傲。

啊啊，父親這是想給我勇氣。

美沙夜強烈地如此感受。

這是因為，父親這魔術師平時很少稱讚家人。對於與自家家系無關的人，他能冷靜地以客觀觀點給予正確評價；而對於玲瓏館家族中人，則總是表現得格外嚴厲。

這樣的父親，竟說了那樣的話。

不尋常的變化沒有讓美沙夜覺得奇怪，只是感到自己仍不成熟。

不過，

很快地——她發現有那麼一點點的不對勁。

「世上能有妳這麼一個這麼有才華的人，我真的很高興。我實在該好好感謝妳這個奇蹟似的女兒，還有生下妳的她。」

「父親大人……」

在美沙夜的注視下，父親娓娓道來。

才能、素質。

那對一個魔術師是如何重要——

他說，所謂魔術——

是神祕。

是奇蹟。

欲以人為方式達成奇蹟與神祕，所需知識技術的總稱。

唯有超常之人，唯有魔術師才能達成。

他說，所謂魔術師——

是成就神祕之人。

運用魔力，將不可能化為現實的超常之人。

身懷魔術迴路之人。

將生命奉獻於探究、鑽研，追求大願之人。

他說，所謂魔術迴路——

是將自然之大源(Mana)轉換為魔力的構造。

將自身之小源(Od)轉換為魔力的構造。

魔術師接觸魔術基盤的關鍵。
全然是施行魔術所必須的「器官」，與生俱來的「素質」。

他說，所謂魔術基盤——
是銘刻於整個世界的魔術理論。
有人將其編為學問，有人奉為宗教，有人只在族內口耳相傳。
對此祕密的魔術式注入魔力，即可發動魔術。

他說，所謂大願——
是所有魔術師的共同目標。
亦如字面所示，是萬物的「根源」。
務必銘記。
魔術師之所以是魔術師，並不是能施行魔術的緣故。
唯有以魔術追求「根源」，欲窮極畢生所知，才會是魔術師。

每一言，每一語。

都和強化魔術一樣，非常基本。

雖然無論如何都不會發生這樣的事，但若要舉個連純真的同輩們都能聽得懂的例子，對，那就像小學老師叮嚀「記得要大聲說早安」一樣，是教育基礎中的基礎。

為什麼父親會說這些話呢？

是因為自己將這個把動物變成魔獸的魔術使得很精采嗎？

還是他和母親談過以後，修改了教育方針呢？

後者的可能性比較高。

因為美沙夜並沒有前者的感覺。

「我——」

「聽好了，美沙夜。」

沉靜，平穩。

卻又果斷地打斷了美沙夜的話。

「在這東京——遠東，即將舉行一個史上最大規模的『魔術儀式』。」

沉靜，平穩。

卻又彷彿隱含著澎湃的「熱情」。

舉行於這東京的大規模魔術儀式。

利用聖堂教會破例借予的「聖杯」所進行，空前、史無前例的——借知名魔術協會「鐘塔」之協助而得以成功的魔術儀式。為觸及廣大魔術師的千年大願、悲願——「根源」而舉辦的絕後儀式。七名魔術師(主人)與七騎英靈(使役者)的酷烈爭鬥。即將發生於東京的大規模魔術爭鬥。

神話的重現。

實現大願的途徑。

「很幸運地，這條通達大願之道也展現在我們眼前。」

父親——玲瓏館當家獲選為儀式的參與者。

由於已能偵測到聖杯——小聖杯(Symbol)所產生龐大魔力，即能證明藏於東京某處的大聖杯(Saint Graph)有效性。無庸置疑，魔術師將在聖杯引導下成就大願。

當然，那伴隨著莫大的危險。

「像這樣利用人類無法操控的英靈所進行的魔術爭鬥，本來就是一場生命的賭注……因此，我才打算讓所有家人都先搬到伊豆的別墅去。不過，如果是資質這麼優秀的妳——」

父親稍微停頓，閉上雙眼。

接著再緩緩張開，再次開口：

「妳有那樣的天才資質，能從這之中直接吸取的也相對多吧。」

「父親大人的儀式，就快了嗎……？」

「對。」

「而我……」

「一點也沒錯。」

父親的聲音──

充滿了彷彿閃閃發亮的自豪。美沙夜有生以來第一次有這樣的感覺。

雖然他幾乎每一句話，規模都大得一時間難以相信，但父親不是會妄言的人，事實一定就是如此。父親身為歷史悠久的魔術師家系，社會關係深長的特殊家族之主，擁有一雙能輕易識破虛假與陷阱的眼睛。

而他就是因為有這雙眼睛，再加上魔術師方面的修為，才能接下當家之位──

沒錯。美沙夜還記得這些祖父生前私下說的話。

因此，

她「深受感動」。

那儀式無疑就要在東京施行，而且──

幼小又拙稚的自己，竟有機會目睹這規模空前的魔術儀式！

現在的她比拆生日禮物還要高興。儘管她曾經答應自己，絕不在魔術課程中露出孩童的表情。

她並沒有輕判危險的可能性。

也沒有遺忘自己學藝未精。

純粹是因為，父親由衷為她驕傲的「切實」感受讓他如此欣喜。

「這可說是聖堂教會與魔術協會協辦，全世界難得一見的合作企畫。原本非常忌諱魔術的教會能同意這樣的儀式，也是一種奇蹟啊。」

父親的話語仍有後續。

沉靜，平穩。

卻隱含通往玲瓏館家長年大願的康莊大道。

「這儀式叫作『聖杯戰爭』。

我們玲瓏館，將藉這戰爭成就大願。」

母親大人很為我高興。

比父親大人還要明顯一些——不，明顯很多。

她微笑著摸了我的頭一會兒，後來才想起儀式的危險性，為我擔心了幾句。但我清楚地告訴她，我會保護好自己。

在那之後，我將三隻森林裡的獵犬變成了魔犬。

同時，父親大人也將主邸的魔術結界強化得更為堅固。

就我所知——雖然我對遠東的魔術師並不是每一個都曉得，但儘管如此——也應該沒有任何魔術師攻得破這層結界。

能稱作危險的，就只有英靈。

英靈。

原本，那是超乎常人的魔術師也無法觸及的神祕。然而在這場儀式中，參加者卻能將他們像使魔一樣召喚出來。這不僅顯示聖杯的力量有多麼驚人，也佐證了大聖杯真的很有可能帶領我們抵達根源。

英靈。那是一群具體的神祕，神話傳說的重現者。

其他參與者會如何召喚他們，詳情無從得知。

只是，父親大人說過。

需要取得足以召喚相應英靈的觸媒。

而我十分肯定。

玲瓏館歷代當家中，人稱特別出眾的父親大人，那麼偉大的父親大人所召喚出的英靈，一定會比其他英靈更——

（摘自某冊陳舊手冊）

西元一九九一年。二月某日。深夜。
東京。玲瓏館主邸地下。

「——吾宣告。
汝之身歸吾管轄，吾之命運繫於汝之劍，
汝若服膺聖杯所依，遵從此理此意，就回應吧。」
咒聲高響。
誦出家族血脈串成的代代大願。
「吾在此立誓——

吾乃天國百善之化身，

吾乃鎮服天國萬惡之人。」

咒聲高響。

誦出欲將聖杯奇蹟歸納為己有的決心。

「汝乃身纏三大言靈之七天。從抑止之輪現身吧，天秤守護者。」

咒聲催化了畫於地面的魔法陣。

即使遠隔兩地，據傳由聖堂教會管理的小聖杯滾滾湧現的龐大魔力，仍將不可能化為可能。魔力光滿室生輝，置於魔法陣中央的觸媒——幾個「石塊」，將喚來早在遙遠過去便已從現世逝去之人。

那即是，英靈。

那即是，神祕。

無形的乙太，逐漸構成暫時的肉體。

好美的一個人。

有著女性化的長髮，但性別應為男性。

身為玲瓏館當家的魔術師，清楚明白自己召喚的是什麼人。

他和自己一樣，是神祕的施行者。

將所有元素操弄於股掌之間的稀世魔術師（Average One）。

他是在世界奠定部分魔術基盤，貢獻甚鉅的人物，更是將四大元素的「概念」編為明確的知識學問刻於世界，並自在運用的超常之人。在魔術界之外，他也是在俗世歷史締造顯赫功名的偉人；為拯救天下蒼生而公開自己部分研究，卻因此殞命的——在魔術世界留下傳說的「理想之人」。

一名穿著白色長袍的高瘦男子。

文質彬彬的英靈，如今已化作使役者而現界。

那人佇立在漸失光芒的魔法陣中央，輕聲說道：

「我應你召喚，於此前來。

我的真名是，馮·霍恩海姆·帕拉塞爾蘇斯。」

好優雅的聲音。

從來沒聽過這麼富含理性與知性的聲音。

身為玲瓏館當家的男子，過去始終認為其父親才是魔術師極致典範，然而這一瞬間，他只有將過去數十年的想法推翻的份。看啊，那盈滿睿智的眼眸。男子即使不曾接觸根源，卻有著深切的感悟。

這個人，比玲瓏館歷任當家的任何一位——

不，他至少比遠東任何一個魔術師都還要接近根源。

也就是，將眾多神祕操之在手——

「我，是以魔法師階級現界的故人。

同時亦如您，是個追求根源的魔術師。」

今夜，此時。

身為玲瓏館當家的男子，應能斷言自己正處在人生中最美妙的一刻。

假如有個人能使用倒轉時光的魔法——超越魔術的窮極神祕，且在當面實地展示，他或許會毫不猶豫地收回斷言，但至少在這瞬間，他是如此相信。

成功受召而來的魔法師和他聊了很多。

經過數小時促膝長談，男子明白傳說都是事實。

馮．霍恩海姆，傳說中的鍊金術師，也是真正驚人的魔術師。他不僅具備魔術師獨有的人生觀與價值觀，更以「為拯救百姓、愛徒於苦難之中，行應行之事」為宗旨，將自身研究成果——其他魔術師極力藏匿隱蔽，別說不知神祕的凡人，就連同樣是魔術師也只能傳授給家系成員的知識公諸於世，促進醫學發展，對人類整體帶來巨大貢獻。

一個高潔的理想人物。

魔術世界中的「愚昧之徒」。

即使當作傳說來聽，一部分也令人一時難以相信。

超越人常的魔術師會做這種事？

為追求根源而一味窮極魔術，鑽研知識的人會做這種事？

「……認為我是個蠢蛋的魔術師，肯定不少。」

魔法師說道。

不含怒氣，神態依然平靜。

「因此，我丟了自己的小命。這也無可奈何。我想救人，他們卻怕我洩漏更多知識。既然水火不容，就一定有一方得離開這個世界，而那些魔術師——也是我疼愛的幼雛啊。」

這不像魔術師會說的話。

簡直就是個「聖人」。

「憤怒？不，我不憤怒。

因為若不非那樣，我就見不到你了。」

男子一時聽不明白，只能沉默。

接著，魔法師抱持微笑，對他這麼說：

「承我教習之莘莘學子的後人啊。既然你的家系應也修通了基礎鍊金術，便無疑是我的正統後人。」

啊啊，他——

真是個既如魔術師，亦是聖人，又似父祖的人物。

身懷無量睿智，卻又如此純真。

這就是他所判斷的魔法師的「人格」。

且幾乎同一時刻，他想到一件總是放在心上的事。

他的女兒——

玲瓏館美沙夜。

位居玲瓏館家現任當家的他，平時總是在考慮，該給女兒找個什麼樣的「知己」。

美沙夜的素直確實高過他的天賦，不僅是玲瓏館家傳的眾多魔術，就連外界學術也能一轉眼就上手。對此，男子沒有任何懷疑，也沒有任何憂慮。可是——

玲瓏館並不是專營學術研究的家族。作為掌控遠東地區的有力人士，與其他魔術師相比，和與他人交流的機會多上許多。

正因如此——

他們需要能幫助自己增廣見聞的知己。

美沙夜得先懂得識人，才能夠統馭人群。

然而，現下「人」的樣本只有自己、妻子和傭人，實在過於不足。她需要一個知己。一個見多識廣、深謀遠慮，甚至懂得辨別感情細微變化，人格完善的知己。

經過調查，他很確定在刻意要美沙夜就讀的杉並區中的小學裡，雖有許多孩子單純地仰慕才華出眾的美沙夜，但還沒找到任何一個值得她作為知己。

儘管如此，也不能找其他家系的魔術師擔任這個角色。

必須為她找一個與魔術世界距離遙遠，卻又足以信賴——就像自家管家一樣的人。男子一直是這麼想。

但現在的情況有所改變。

眼前的魔法師怎麼樣呢？

若是這位高潔仁慈，甚至成為英靈的魔術師——

他雖是超越者，是魔術師，但也是英靈，應該不必顧慮家系之分。

短暫思考後，男子做出決定，沒有任何猶豫。

自己不可能替美沙夜找到智慧更高的導師。他懷著這樣的確信向魔法師深深低頭，請求與聖杯戰爭完全無關的幫助。那並不是主人會對使役者做的事，完全是一名魔術師面對自己敬愛的師長時才會有的行為。

「請儘管交給我吧。」

這個請願——

魔法師爽快地答應了。

帶著不曾片刻中斷的沉穩表情：

「你的要求很正當。」

——輕輕地。

「魔術師也需要朋友。」

——伸出他的手。

「那麼，就讓我作你寶貝千金的朋友吧。」

——輕輕地，低聲承諾。

後記（※注意　內有劇情洩漏）

櫻井光

追求聖杯的，共有七人七騎，七大陣營。
但每組「一人一騎」的主從之間，絕不一定只有一種想法。
他們所擁有的，是無庸置疑的十四種心思。
時而彼此廝殺，時而錯身而過，時而緊密依持——

本作是《Fate/Prototype》的衍生小說，而《Fate/Prototype》則是以遊戲、漫畫、動畫等多樣媒體向世界擴展的TYPE-MOON作品《Fate/stay night》的原型小說為原案塑造而成。《Fate/Prototype》以一九九九年的東京為舞台，而本作則是以其八年前——一九九一年，於東京展開的「最初」的聖杯戰爭為絲線所織出的一篇篇「碎片」。

若說第一集的碎片，主題是以愛歌為中心的戀愛。
那麼本集所編織的碎片，應該是「錯身而過」的心念吧。

具有王者風範的少女——玲瓏館美沙夜，在本書中與眾多男性錯身而過。

在一九九一年是身兼師職的父親，如同導師的男魔術師，人稱萬王之王的男子，不斷對夜空咆哮的男子，仍非正義一方的男劍士；八年後的一九九九年，則是立於身旁的持槍男子，與從前見過的男劍士。

沒有朋友，遭深信的導師出賣，還被下了無法解除的致死詛咒。

第一場聖杯戰爭時，她恐懼不安，心裡念著父親。

第二場聖杯戰爭時，她心無旁鶩，無時無刻都是個君臨東京的女王。

可說是一場孤獨的戰鬥。

不過——至少在第二場戰鬥中，相信她絕不會如此自認。那並不是孤獨。她正確選擇而自願踏上的王道，純粹是高處不勝寒罷了。

秉持驕傲，絢爛而華麗。

她將在聖杯戰爭中一再錯過，在最鮮豔的一刻「凋零」。

比起哀傷——我更感到悽絕的美麗。

構成第二部〈Best Friend〉的主要核心，是奈須きのこ老師所提供的美沙夜的定位。當我接下這個核之後，那曾為一九九一年的少女，而在一九九九年走到生命盡頭的女王，其

「碎片的故事」便已此為基底快速萌芽，就這麼編成了現在的故事。

倘若各位喜歡這第二碎片，便是我無上的光榮。

再來是一些感謝的話。

奈須きのこ老師、武內崇老師，感謝二位再度撥冗相助，真的很不好意思。兩位不僅擔下監修本作及設定的重任，且於本集提供關於美沙夜的定位，以及美沙夜邂逅騎兵的意義——等諸多核心，實在感激不盡。

中原老師，感謝您那麼多美麗畫作，以及為這些原始使役者所賦予的新形象。有您描繪如此多采多姿的具體形象，本作才是真正完整的故事。

設計封面及文本的ＷＩＮＦＡＮＷＯＲＫＳ、平野清之先生，感謝二位的幫助。第一集中沒有謝到兩位，真的非常抱歉。

《月刊COMPTIQ》的小山編輯與全體編輯部、營業部，感謝各位的幫助。

最後，我要向不吝翻閱這篇故事的所有讀者，獻上千千萬萬的感謝。

那麼——我們下個碎片見。

下集預告
這場聖杯戰爭，
難道只是一名少女的
掌中玩物？
刺客，與不覺其魔性
和她接觸的魔術師
仁賀征爾——

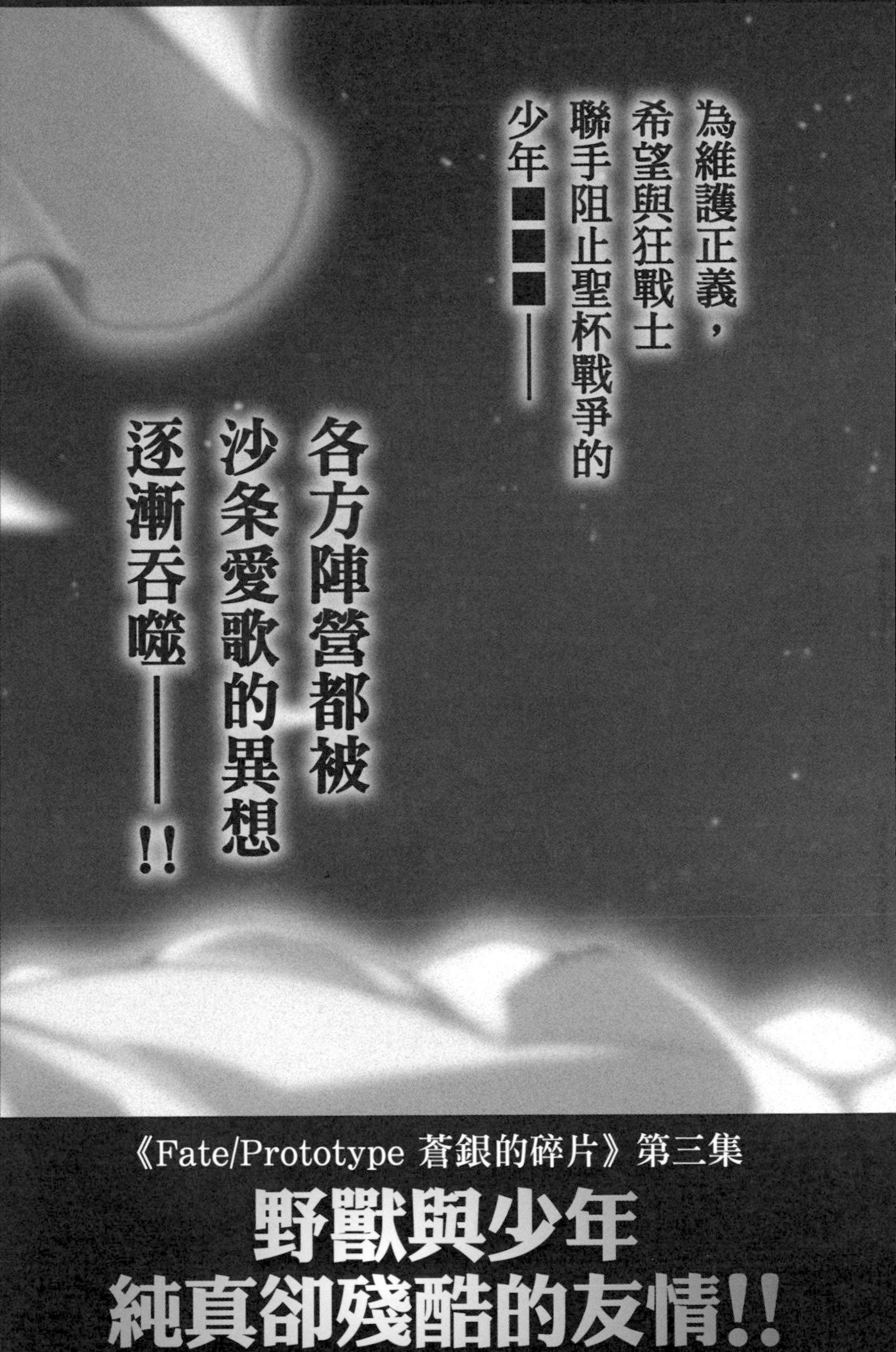

為維護正義，
希望與狂戰士
聯手阻止聖杯戰爭的
少年■■■——

各方陣營都被
沙条愛歌的異想
逐漸吞噬——!!

《Fate/Prototype 蒼銀的碎片》第三集

野獸與少年
純真卻殘酷的友情!!

©TAKESHI MATSUYAMA 2013

Kadokawa Light Novels

冰境的艾瑪莉莉絲

Kadokawa Fantastic Novels

作者：松山 剛　插畫：パセリ

機器人與人類「各半」的生活，
描繪機械們「生存之道」的感人故事——

冰河期的世界，人類沉眠於名為「白雪公主」的睡眠設施中。副村長艾瑪莉莉絲日日勞心勞力，就為了能再次與人類一起生活。然而村長的一句話卻令眾人為之顫慄——人類應該滅亡。機器人們最後會做出什麼樣的抉擇？

NT$260/HK$78

台灣角川

Kadokawa Light Novels

未踏召喚://鮮血印記 1 待續

Kadokawa Fantastic Novels

作者：鎌池和馬　插畫：依河和希

精彩程度不下《禁書目錄》，
鎌池和馬的正統派新系列！

連「比眾神更高次元的存在」都能自由喚出的召喚儀式。在擁有如此技術的尖端召喚師當中，存在著一名實力驚人的少年「不殺王」城山恭介。他唯一的致命弱點就是由少女口中發出的詛咒之言「救我──」。恭介將為此投身於召喚師三大勢力的激烈衝突！

台灣角川

NT$280/HK$85

Kadokawa Light Novels

絕對的孤獨者 1 待續

Kadokawa Fantastic Novels

作者：川原 礫　插畫：シメジ

**「尋求絕對的『孤獨』……
所以我的代號是『孤獨者（Isolator）』！」**

人類初次接觸的地球外有機生命體，以複數墜落至地球上的幾座城市內。之後被稱之為「第三隻眼」的那個球體，會賦予跟它們接觸的人現代科學無法解答的「力量」。但那股「力量」卻把空木實捲入他不希望的戰爭之中——

台灣角川

NT$220/HK$68

國家圖書館出版品預行編目資料

Fate/Prototype 蒼銀的碎片 / 櫻井光作；吳松諺譯．--
初版．-- 臺北市：臺灣角川，2016.04-
冊；　公分

譯自：Fate/Prototype 蒼銀のフラグメンツ
ISBN 978-986-473-021-6(第 2 冊：平裝)

861.57　　105003021

Kadokawa
Fantastic
Novels

Fate/Prototype 蒼銀的碎片 2

（原著名：Fate/Prototype 蒼銀のフラグメンツ 2）

2016年4月20日 初版第1刷發行
2018年12月7日 初版第4刷發行

作者：櫻井光
原作：TYPE-MOON
插畫：中原
譯者：吳松諺

發行人：岩崎剛人
總經理：楊淑媄
資深總監：許嘉鴻
總編輯：蔡佩芬
編輯：林子堯
美術設計：邱靖婷
印務：李明修（主任）、黎宇凡、潘尚琪

發行所：台灣角川股份有限公司
地址：105台北市光復北路11巷44號5樓
電話：（02）2747-2433
傳真：（02）2747-2558
網址：http://www.kadokawa.com.tw
劃撥帳戶：台灣角川股份有限公司
劃撥帳號：19487412
法律顧問：有澤法律事務所
製版：尚騰印刷事業有限公司
ISBN：978-986-473-021-6
香港代理：香港角川有限公司
地址：香港新界葵涌興芳路223號
新都會廣場第2座17樓 1701-02A室
電話：（852）3653-2888